Dönme İçinde Oblivion

Translated into Turkish from English version of
Spinning into Oblivion

Santhosh Gangadharan

Ukiyoto Publishing

Tüm küresel yayın hakları

Ukiyoto Publishing

Yayınlandığı yer 2023

İçerik Telif Hakkı © Santhosh Gangadharan

ISBN 9789360162085

Tüm hakları saklıdır.

Bu yayının hiçbir bölümü, yayıncının önceden izni alınmaksızın elektronik, mekanik, fotokopi, kayıt veya başka herhangi bir yolla çoğaltılamaz, iletilemez veya bir erişim sisteminde saklanamaz.

Yazarın manevi hakları ileri sürülmüştür.

Bu bir kurgu eseridir. İsimler, karakterler, işletmeler, yerler, olaylar, yöreler ve olaylar ya yazarın hayal gücünün ürünüdür ya da hayali bir şekilde kullanılmıştır. Yaşayan veya ölmüş gerçek kişilerle veya gerçek olaylarla olan benzerlikler tamamen tesadüfidir.

Bu kitap, yayıncının önceden izni olmaksızın, yayınlandığı cilt veya kapak dışında herhangi bir şekilde ödünç verilmemesi, yeniden satılmaması, kiralanmaması veya başka bir şekilde dağıtılmaması koşuluyla satılmaktadır.

www.ukiyoto.com

Bu roman, benim ilk gerçek yaratma girişimim, deneyimlerimin ve hayal gücümün bir karışımı.

Hayallerimin peşinden gitmek istedim. Ama hayallerin hep beni takip ettiğini hissettim.

Bu ilk girişimimi TK, Bhargu, RG ve Ponnu'nun sonsuza dek sürecek anılarına adıyorum.

Yazarin Önsözü
Kurduğun Hayaller

Alman bilim adamı August Kekule, benzen halkası fikrini kendi kuyruğunu kovalayan bir yılanı hayal ederek buldu. Görünüşte birbiriyle ilgisi olmayan bu hayal, kimyanın en temel kavramlarından biri olan aromatik bileşiklerin temelini attı.

Artık hepsi tarih oldu. Ancak bilim adamı benzen halkasını yaratma hayalinin peşinden gitti ve bunu birkaç bileşik takip etti.

Kişinin rüyalarından bir ipucu alması ve bir sonuca ulaşmak için ipucunu takip etmesi önemlidir.

Bilinçli zihnin bir rüya yaratmış ve onu bilinçaltına yerleştirmiş olması ya da bilinçaltının rüyayı almış olması önemli değildir. Kişi sonuca ulaşmak için devam etmelidir.

Bu gerçekleşebilir. Bilinçaltı size uykunuz sırasında harika fikirler verebilir ve uyandığınızda rüyanızda ne gördüğünüzü hatırlayabiliyorsanız, belki de rüyanızın rotasını köklerine kadar takip edebilirsiniz.

Normalde uykunuz sırasında gördüğünüz rüyaların çoğunu uyandığınızda unutmaya meyillisinizdir. Ancak uyandığınız anda kesinlikle aklınızda olacaktır ve o sırada rüya dizisini hatırlamaya çalışırsanız, her şeyi hatırlamanız mümkün olabilir. Ancak uyandıktan hemen sonra hatırlamak için çaba göstermezseniz, rüya unutulup gider.

İşte Kekule'nin normal bir insandan daha iyi yapabildiği şey buydu; rüyalarının ne olduğunu hatırlamaya devam etti ve rüyalarının peşinden gitti.

Olmayacağını düşündüğüm birçok çılgın rüya gördüm. Bunlar bilinçaltıma nasıl yerleşti, hiçbir fikrim yok. Uyumadan önce düşündüklerinizin rüyalarınızda ortaya çıkabileceğini söylerler. Ama gördüğüm bazı rüyaları bilinçli halimde hiç düşünmemiştim.

Çocukluğumdan beri rüyalarımda çok büyük hava gemilerinin gökyüzünü istila ettiğini ve yeryüzündeki insanlarla savaştığını görürdüm. O günler *Star Wars* filminin Hollywood tarafından çekilmesinden çok önceydi. O günlerde, gökyüzünden saldıran bu tür hava gemileri hakkında bana herhangi bir fikir verebilecek herhangi bir kitap veya film görmemiştim.

Gökyüzü hava gemisi filolarıyla dolardı. Bu hava gemileri bizim uçak gemilerimiz gibi çok büyük olurdu. Açık görüş alanında ateş etmeye ve bombalamaya başlayacaklardı. Yeryüzünde bu saldırılara karşılık verebilecek kimse olmazdı ve insanlar sağa sola kaçışırdı. Ben de kaçıp büyük kayaların altına falan sığınırdım. Rüyalar bunun ötesine geçmezdi. Saldırıların nasıl başladığını ya da bu hava gemilerinin nereden geldiğini hiç görüp görmediğimi hatırlamıyorum.

Şimdi düşünüyorum da, eğer bu rüyalara daha fazla kafa yorsaydım, bu saldırılarla bağlantılı bir şeyler yapabilirdim. Benzer türde hava gemileri tasarlamak için araştırma yapacak kadar iyi olduğumdan değil, ama bu tür hava gemilerini içeren bazı kurgular yazabilirdim. Hayallerimin peşinden gidecek sabrım olsaydı belki de *Star Wars* benim hikayeme dayanabilirdi. Ama bu hayallerimin peşinden hiç gitmedim ve hep hayal olarak kaldılar.

Gördüğüm bir diğer rüya ise kangurulara benzer şekilde bir yerden başka bir yere atlama sekanslarıydı. Ayaklarımı şişirmek için ekstra çaba harcadığımda, lastik bir top gibi hareket edebiliyordum.

Hindu mitolojisindeki maymun tanrı Hanuman gibi uzak mesafelere zıplayabilen bu insan yeteneği teorisinin peşinden gitmeye devam etmeliydim. Doğu filmlerinde dövüş sanatları uzmanlarının rüyalarımda gördüğüme benzer şekilde hareket edebildiklerini görüyordum. Bu insanların hayalleri vardı ve bunu filmler ve fotoğraf hileleri aracılığıyla gerçeğe dönüştürdüler.

Bu da beni son rüyama getirdi ve bu da düşünce süreçlerimden en azından birkaç şeyi kaleme almama neden oldu. Buna 'geç olsun güç olmasın' teorisinin bir sonucu diyebiliriz.

9 Ağustos 2010 gecesiydi.

Her zamankinden daha erken uyumuştum ve gece yarısından hemen sonra kalktım. Biraz su içmem gerekiyordu ve bu rüya hafızamda tazeliğini koruyordu. O kısa uyku sırasında bilinçaltımda gördüklerimi hatırlayabiliyordum.

Artık aramızda olmayan sevdiklerimle, sevgili ve yakınlarımızın değerli ruhlarıyla birlikte hareket edebiliyordum. Sanal olarak onlarla birlikteydim ve onlarla birlikte havada hareket ediyordum; bu yolculuk sırasında onlarla konuşabiliyor ve onları hissedebiliyordum. Bu olağanüstü başarıdan dolayı içimdeki sevinci hissedebiliyordum ve bunu dünya atmosferi içinde çok yüksek hızlarda hareket ederek gerçekleştirebildiğimi anlayabiliyordum.

Yüksek hızlı hareketin zirvesinde, biyosferimizin etrafında dolaşan ruhlarınkine benzer bedensiz bir kütleye dönüşebildim. Birçoğu etrafımdaydı ve bu müthiş olay sırasında babam, annem, amcalarım ve teyzelerim gibi tanıdığım bir dizi insanla tanışabildim.

Bu gerçekten mümkün olabilir mi? Beni böyle düşündüren ve bu fikri aklıma sokan neydi bilmiyorum. Uyanıkken böyle olasılıkları hiç düşünmemiştim ama uyurken birileri bunu zihnime yerleştirmişti.

Yani hayallerimin peşinden gidemez miyim? Hayal gücümün ince bir ipliği var. Bu ince hayal parçasını bir roman ya da film yapmak için güçlü bir olay örgüsüne dönüştürecek ya da belki de kendimi ölümden sonraki yaşamın bilinmeyen derinliklerine itecek kadar güçlü müyüm?

Hayır, ölümden sonraki yaşam dememeliyim. Yaşamdan sonraki yaşam olarak adlandırılmalı. Eğer kişi bu kavramı kanıtlayabilirse, artık ölmüyor demektir. Ama bu, bir yaşamı kaybedip başka bir yaşama başlamak gibi bir şey olacaktır - yaşamdan sonraki yaşamın sonsuz yaşamına!

İçindekiler Tablosu

Noetik Bilim	1
Hadron Çarpiştiricisi	4
Inception	7
Mary Roach'un Hortlaği	10
Dubai Kumullari Safarisi	13
Tanoura	19
Yerleştirilmiş Düşünceler	26
Mistik Mansour Ile Buluşma	30
Türkiye Bağlantisi	34
Eğirmenin Arkasindaki Teori	39
Ruhun Evrimi	45
Bir Şifacinin Halesi	52
Mahmud Ve Mevlana	58
Sarawak'in Eski Petrol Kuyusu	65
Semazen Ayinleri	71
Lutong'a Uzun Bir Yol Yok	78
Gizemden Çok Teori	85
Hazirliklar	92
Miri, Benim Şehrim	98
Tanidik Ruhlari Arayin	105
Doğum Yerine Dönüş	114
Tarihe Karişmiş	120
Dayak Bahçeleri	127
Hikayesinde Bir Bükülme	135
Gün Batimindan Şafağa	142
Özgürlüğe Doğru Dönmek	151

Noetik Bilim

Üst üste ikinci gün başıma geldiğinde, gecenin bir yarısı bilinçaltımda hala devam eden garip bir rüya ile kalkıyordum.

Rüyayı hatırlamak için çok uğraştım. Zihnimin bir köşesinde duruyordu ama bilinç düzeyine çıkmıyordu. Bu çok kötü bir duyguydu, gerçekten kusmak istediğinizde kusamamak ya da hapşırmak üzereyken hapşıramamak gibi.

Boğazımda bir yumru oluştu ve sanki boğuluyormuşum gibi hissettim. Ama bunun bir rüya olduğunu ve önceki geceki rüyaya benzer bir şey olduğunu biliyordum. Korkunç bir şey değildi ama gecenin bir yarısı uyanmama neden olan bir şeydi.

Uyumadan hemen önce ne yaptığımı hatırlamaya çalıştım. Dan Brown'ın The Lost Symbol kitabını okuyordum. Büyüleyici bir romandı. Yazar noetik bilimi derinlemesine incelemek için çok çaba sarf etmişti.

Noetik bilimin ardındaki kavram takdire şayandır. Kişinin kendi düşünce enerjisi, konsantre olarak insanüstü çaba sarf etmek için kullanılabilir. Çok sayıda insanın birlikte tek bir nesneye konsantre olması harikalar yaratabilir.

Rüya bir şekilde okuduğum romanla bağlantılı mıydı? Olabilir.

Normalde uyumadan önce yaptığınız şeylerin bilinçaltınızı etkileyeceğini söylerler.

Dr. Lakshmi ile son görüştüğümde rüyaların ardındaki psikolojiyi açıklamıştı. Her şeyi basit bir şekilde açıklayabiliyordu. Aslında psikoloji çok karmaşık bir konudur. Ancak Lakshmi o kadar yetenekli ve konusuyla ilgili ki doktora teziyle ilgili herhangi bir konuda konuşmaya başladığında canlanıyor. Bu yüzden görüşlerini bu kadar kolay aktarabiliyor.

Onunla yaptığım sohbetten anladığım, duygusal olarak bağlandığınız şeylerin hayallerinizi tasarladığıydı.

Bu beni hep düşündürürdü, gördüğünüz rüyaların peşinden mi gitmelisiniz yoksa rüyalar mı sizi sonuna kadar kovalar.

Her iki durumda da hayaller hiç bitmeyen bir ilgi konusudur. Bunu düşünmeye başlarsanız, bu devasa kuyunun dibini aramak için daha da derine inersiniz.

Noetik bilimine geri dönecek olursak, Dan Brown'ın kitapta neden bahsettiğini hatırlayabiliyordum. Yazarın yaptığı açıklamadan etkilenerek, bilimin bu son kanadı hakkında daha fazla bilgi edinmek için web sitesini araştırdım.

Noetik Bilim Enstitüsü şöyle diyor: 'Noetik Bilimler, sezgi, his, akıl ve duyular da dahil olmak üzere çoklu bilme yollarını kullanarak bilincin doğasını ve potansiyellerini araştırır. Noetik Bilim, zihnin iç kozmosunu -bilinç, ruh- ve bunun fiziksel dünyanın dış kozmosuyla nasıl ilişkili olduğunu araştırır.

Zihin-beden etkileşimi, bilinç, paranormal, alternatif ve tamamlayıcı şifa, süptil enerji, bilgi baskısı, insan bedeni alanı ve geleneksel bilim tarafından rutin olarak göz ardı edilen doğa ve insan biyolojisinin diğer yönlerini araştırırlar.

Temel olarak, zihnin gücüne veya kişinin kendi zihni tarafından yaratılabilecek enerjiye daha fazla önem verirler. Bu enerji kendi başına iyi niyetle kullanılabilir ya da başkalarının yararına olacak şekilde düzenlenebilir. Kendi konsantrasyonumuzla, zihnimizden bizim dışımızdaki diğer nesnelere akacak enerjiyi yaratabiliriz.

Bu bize güç veren bir bilinç meselesidir, ancak bu güç bilinçaltınızda gizlidir. Normal bir yöntem olmadığı için paranormal kelimesi kullanılır ve bu kelime dinleyicide bir anormallik hissi yaratır. Sıradan bir insan bunu çılgınca bir fikir olarak düşünecek ve hemen reddedecektir.

Ama bu şekilde bakmamak gerekir. Gördüğüm türden rüyalarda, okuduklarımla rüyada hissettiklerim arasında bir bağlantı olduğunu hissedebiliyordum.

Düşünce enerjimin en azından bazı küçük şeyler yapmasını sağlayacak kadar erkek miydim? Bunun gerçekleşmesi için yeterli konsantrasyonu sağlayabilir miydim? Ama eğer olursa, insanlık için güçlü bir destek olabilirdi. İyi niyetle kullanmak gerekiyordu.

O zamana kadar rüyamın, Dan Brown'ın romanından öğrendiğim noetik bilimle bağlantıları olduğuna ikna olmuştum.

Yani önceki geceki rüya, noetik bilimin kayıp sembollerinin bir dalı olabilirdi. Peki ya ondan önce gördüğüm rüya?

Hadron Çarpıştırıcısı

Gecenin bir yarısı uykumdan uyandığımı hatırlıyorum. Çok yüksek bir hızda seyahat ediyormuşum gibi bir his vardı içimde. Bunun Dan Brown'la hiçbir ilgisi yoktu. Hızı Jason Bourne ile ilişkilendirmek daha uygun olur.

Bourne ile ilgili filmler bana yüksek hızda koşma etkisi vermiş olabilir. Filmde kahraman çoğu zaman koşuyordu ve filmi sürekli izlemek gerçekten dengemi etkileyebilirdi.

Ama filmi çok uzun zaman önce izlemiştim ve bilinçaltıma bu kadar iyi yerleşmemişse şimdi herhangi bir etki yaratma ihtimali yoktu.

Önceki gün zihnimi etkileyenin Jason Bourne olmadığına dair bir his vardı içimde. Yüksek hızda hareket eden başka bir şeydi. Gözlerim odanın içinde dolaştı ve sonra masaya odaklandı. Dünkü gazete orada duruyordu. Gazeteyi okurken zihnimi ele geçiren bir şey mi vardı?

İçimden gelen bir dürtüyle gazeteyi aldım ve sayfalarını karıştırdım. İşte oradaydı: İsviçre'de yürütülen Hadron Çarpıştırıcısı deneyi. Bilim insanları süpersonik hızlarda zıt yönlerde hareket eden iki atomun çarpışmasını sağlayarak bozon yaratmayı başarmışlardı.

Rapor, deneyi çok açık bir şekilde detaylandırıyor ve okuyucuya yüksek hızlı yolculuğun etkisini veriyordu.

Büyük Hadron Çarpıştırıcısı bilim insanlarının Büyük Patlama'dan sonra saniyenin milyarda biri kadar bir süre içinde var olan koşulları yeniden üretmelerini sağladı. Bu, evrenin bir patlamayla başladığı, enerji ve maddeyi yarattığı zamandı.

Gözlerim paragrafların üzerinde gezindi. Makalede bilimle ilgili pek çok şey yazılmıştı. Ama benim dikkatimi çeken antimaddeden bahsedilmesiydi. Bunun üzerine okumaya devam ettim.

Büyük Patlama eşit miktarda madde ve antimadde yarattı, ancak şu anda sadece maddeyi görüyoruz. Antimaddeye ne oldu?

Her temel madde parçacığının, elektrik yükü gibi zıt özelliklere sahip bir antimadde partneri vardır. Negatif elektronun Pozitron adı verilen pozitif bir antimadde partneri vardır. Büyük Patlama'da eşit miktarda madde ve antimadde yaratıldı, ancak antimadde daha sonra ortadan kayboldu. Peki ona ne oldu? Deneyler, bazı madde parçacıklarının antiparçacıklarından farklı oranlarda bozunduğunu göstermiştir, bu da bunu açıklayabilir. LHC deneylerinden biri madde ve antimadde parçacıkları arasındaki bu ince farkları inceliyor.

Madde ve antimadde hakkındaki bu gerçekleri düşündüm. Bu aklımda olan bir şey olabilir ve hız ve sonuçları hakkındaki rüyamı tetiklemiş olabilir. Büyük Hadron Çarpıştırıcısı, parçacıkların yüksek hızlarda hareket etmesine ve çarpışarak en önemli nokta olan antimaddeyi oluşturmasına dayanıyordu.

Zihnim bir rüya aleminde Büyük Hadron Çarpıştırıcısı'nın etkileri üzerinde çalışıyor ve antimadde oluşumuna elverişli bir atmosfer üretiyor olabilir.

Makaleye baktım ve okumaya devam ettim.

Neden bazı parçacıkların kütlesi varken diğerlerinin yoktur? Bu farkı yaratan nedir?

Foton olarak bilinen ışık parçacıklarının kütlesi yoktur. Elektronlar ve kuarklar gibi madde parçacıklarının kütlesi vardır ve bunun nedeninden emin değiliz. İngiliz bilim adamı Peter Higgs, tüm evreni kaplayan ve bazı parçacıklarla etkileşime girerek onlara kütle kazandıran bir alanın, Higg alanının varlığını öne sürdü. Eğer teori doğruysa, bu alanın kendisini bir parçacık, Higg parçacığı olarak göstermesi gerekir. Higgs benzeri bir parçacığın keşfi 4 Temmuz 2012'de ATLAS ve CMS ekipleri tarafından duyuruldu.

Bu bilim insanları bazı parçacıkların kütleye sahip olmasının nedenlerini kanıtlamaya çalışıyorlardı. Fotonlar gibi bu parçacıklar kütlesizdir ve milyonlarca mil kat ederek çok hızlı seyahat ederler. Çok yüksek hızlarda seyahat eden bu kütleler, kütlesiz değil ağırlıksız bir statüye sahip olacaktır. Fakat mevcut varlığında kütlesi olan bir parçacık için kütlesizlik nasıl yaratılabilir?

Rüyalarım, önceki gece okuduğum makalenin bilinçaltıma yerleştirdiği bu tür düşüncelerle bağlantılı olabilirdi.

Duvardaki saat yediyi gösteriyordu ve şimdi aceleyle giyinip ofisime zamanında ulaşmam gerekiyordu. Ofisimle ilgili düşünceler zihnimi işgal ettiğinde, şimdilik diğer tüm düşünceleri sildiler. Artık tek bir niyetim vardı. Zamanında ofise ulaşmalı ve sabah mühendislerle yapacağım toplantıya geç kalmamalıydım.

Inception

Bir hafta geçti ve o tuhaf rüyayı bir daha görmedim. Normal günler ve geceler geçiriyordum ve rutin hayatım monoton bir şekilde devam ediyordu.

Sonra tekrar ortaya çıktı. Dehşete kapıldığımı söyleyemem ama o tuhaf his Cuma sabahı erken saatlerde tekrar geldi. Daha önceki olaylara benzer şekilde, bu sefer de sabah iki ya da üç civarındaydı.

Yanımda başka bir şeyin ya da birinin varlığını hissedebiliyordum. Rüyamda bile olsa, ayağa kalktığımda bile hissedebiliyordum, aşırı terliyordum. Bu sefer rüyada ne yaptığımı ya da ne gördüğümü hatırlamaya çalıştım. Bilinçaltımdan çıkarmak oldukça zor oldu. Ama yine hız ve dönme ile ilgili bir şey olduğunu biliyordum. Sanki biri zihnime bir fikir yerleştirmeye çalışıyordu. Bu görünmeyen güç ne olabilirdi ya da aklıma sokulan bu fikir neydi? Bu hiç hatırlayamadığım bir şeydi.

Ne kadar çok düşünürsem, o kadar çok unutulup gidiyordu. Çok sıkı düşünmeye çalıştım ve bu da uykuya dalma gibi alışılmış bir etki yarattı. Çok geçmeden derin bir uykuya daldım.

Umman ve diğer KİK ülkelerinde haftalık izin günü olduğu için Cuma sabahı her zaman biraz tembel geçerdi.

Oturma odasında televizyonu açarken gözlerim masanın üzerinde duran CD'ye takıldı. Bu dün gece izlediğim filmdi, Başlangıç. Çok iyi bir filmdi ve hızlı ilerliyordu. Filmin temel konsepti harikaydı - başka bir adamın zihnine uykudayken bir fikir yerleştirmek ve daha sonra onu bu fikri gerçekleştirmek için eylemler yapmaya zorlamak.

Sonra aklıma geldi - bu, önceki günkü rüyamda bana olan şeyin neredeyse aynısıydı. Etki benzerdi. Ama bana olan şey bir şekilde farklıydı. Rüyamın şimdiki zamanla hiçbir ilgisi olmadığından emindim. Geçmişi geleceğe bağlayan bir şeydi.

Film, rüya içinde rüyanın hikayesini ve insanların bir rüyayı bir insanın zihnine nasıl yerleştirmeyi başardıklarını gösteriyordu. Gerçek dünyada elde etmek istediklerini, rüya göreni rüya dünyasında manipüle ederek elde etmeye çalışıyorlardı. Rüya görenin rüya görmeyi bırakmasını istediklerinde, ona rüya görmeyi bırakması için bir tekme atıyorlardı, böylece rüya sırasında yarattıkları şeyin faydasını görüyorlardı.

Oldukça karmaşık bir filmdi ve tüm hikayenin arkasındaki konsepti tam olarak anlayamadım. Ancak rüyanın bilinçaltına yerleştirilmesi kavrayabildiğim bir şeydi ve aklımda kalan da bu oldu.

Başlangıç kavramına inanmak zor, ancak bir insanın güçlü zihninin başka bir insanın zayıf zihni üzerinde çalışmasıyla her şey mümkün olabilir.

Hitler'in etrafındaki herkese korku salarak halkını sadece kendi istediklerini yapmaları için nasıl yönlendirdiğini bir düşünün. Dünya tarihindeki pek çok diktatör aynı tekniği kendi çıkarları için kullanmıştır. Ama hepsi kendi stratejilerine yenik düştüler ve aynı durumla karşılaştıklarında kuzu oldular.

Filmdeki olay örgüsü muhteşemdi. Film zihnimi etkilemiş, zihnime çılgınca bir fikir, her neyse, yerleştirmiş olabilirdi.

Kanepeye oturmuş, sabah çayımı yudumluyordum. Tüm bu alanın sadece kendime ait olması ve rahatlamak ve çayımı yudumlamak için dünyadaki tüm zamana sahip olma lüksüne sahip olduğum için kendimi kıskanıyordum - şu anda başka hiçbir sıkıntı yok. Bu bana son günlerde gördüğüm rüyaların parçalarını bir araya getirmek için yeterli zamanı ve eğilimi verdi.

İlk seferinde, noetik bilimin kişinin kendi düşüncelerinden yüksek enerji yaratma etkisini yaşadım. Sanki benim gibi düşünen başka biri varmış ve bu iki düşünce enerjisi birleşerek geleceğe yönelik bir tür mesaj ya da plan oluşturuyormuş gibi bir hisse kapıldım.

İkinci olay ise yüksek hızın etkileriyle geçmiş ve gelecek arasında bağlantı kurmaktı. Bir şeyin çok yüksek bir hızda dönüp durduğu hissine kapılıyordum, tıpkı bir çocuk tarafından döndürülen bir yo-yo gibi. Bu bir hiçlik hissi ya da yerçekimsiz ortamda yükselme hissiyle birleşiyordu. Ama hiçlik halindeyken bile, bana yakın olan başka bir şekilsiz varlık hissine kapılıyordum. Bu ne olabilirdi?

Hadron Çarpıştırıcısı deneyi açıkça zihnimi etkilemiş ve bana yüksek hızda itme gücü vermişti. Bilim insanları, yüksek hızda çarpışmanın, hiçliğe yakın önemli olan her şeyin en küçük noktasını yaratma etkisini keşfediyorlardı. Eğer bu dünyadaki ve diğer dünyada var olabilecek şeyleri madde olarak düşünürseniz, yaşamdan sonraki yaşam dünyası antimadde olarak adlandırılabilir. Yani belki de dünyamızdaki maddeler ya da madde çok yüksek hızlarda hiçliğe dönüşebilir ve diğer dünyadaki yüksek hızdaki şeylerden oluşan hiçlikle çarpışabilir.

Sıfıra doğru eğilim gösteren pozitif bir faktör ve yine sıfıra doğru eğilim gösteren başka bir negatif faktör olarak görülebilir ve bu da sıfır noktasında buluşmalarını sağlayacaktır. Bu gerçekleşebilir mi?

Dünkü rüya açıkça başka birinin kendi fikirlerini yerleştirerek rüya aracılığıyla zihnimi etkilemeye çalıştığını gösteriyordu. Tüm bu hususlar birbiriyle ilişkili miydi? Yoksa bunlar sadece kafası karışık bir zihinle oynayan fantezilerin eseri miydi?

Noetik bilim, Hadron ve Inception birlikte zihnimi ezip geçiyordu. Eğer ciddiye almazsam, önümüzdeki günlerde bana daha fazla eziyet edecekti çünkü daha fazlası benim için artık hiçbir anlam ifade etmeyecekti. Ama rüyalarımdan yayılan bu düşünceleri analiz etmeye çalışırsam, belki bir sonuca varabilir ve mutlu bir şekilde buna unutulmaya doğru dönme teorim diyebilirdim.

Şimdiye kadar bana yabancı olan bir alanda kendimi aydınlatmak için teorimin peşinden gitmeye karar verdim.

Mary Roach'un Hortlağı

Son günlerde Frederick Forsyth okuyordum. Oğlum Viv, bana Forsyth sevgisini aşılamıştı.

Viv ateşli bir okuyucuydu. Kurgudan edebi eserlere kadar her şeyi okurdu. Evde iyi bir kitap koleksiyonu vardı. Mühendislik okumasaydı yazar olurdu diye düşünürdüm.

Geçenlerde Hindistan'a gittiğimde yanımda Viv'in koleksiyonundan birkaç kitap getirmiştim.

Birçoğunu henüz bitirmiştim ve kitabı daha önce okuduğum tüm romanları sakladığım kutuya geri koyuyordum. Her zamanki gibi, okumayı bitirdiğim kitapların başlıklarını gözden geçirdim. Sonra Mary Roach'un yazdığı Spook'u fark ettim. Bir süre önce okumuştum.

İçimden gelen bir dürtüyle kitabı aldım ve salona döndüm.

Geçen haftaki rüya nöbetinden sonra bugünlerde nispeten daha iyi uyuyordum. Sanki sıralama zihnimde belirmeyi bırakmış gibiydi. Ama yine de, belirginleşmese de o rüyalarla ilgili bir şeyler gördüğüme dair bir his vardı içimde.

Bir önceki gece rüyamda gördüğüm bir kişiyi gün içinde hep yakınımda hissediyordum. Bu her zaman doğruydu çünkü bazen rüyanın bir bölümünü hatırlayabiliyordum ve o gün yakınlık hissettiğim kişi rüyamda beni takip ediyordu.

Bu günlerde daha çok artık aramızda olmayan anne ve babamı düşünüyordum. Onları her gün yatağımızın önünde asılı olan fotoğraflarda görüyorum, eşimin anne ve babasınınkilerle birlikte. Dördü de bizim için çok değerliydi ve onları her gün hatırlıyoruz.

İçimden bir ses onlara karşı hissettiğim yakınlığın onları rüyalarımda görmemden kaynaklanabileceğini söylüyordu. Onlarla karşılaşmam ile deneyimlediğim yüksek hızdaki hareket arasında bir ilişki olabilir miydi? Bu bağlantıyı bulmayı çok istiyordum.

Mary Roach'un yazdığı Spook önümde duruyordu. Mary Roach ölümden sonraki yaşamın bir destekçisiydi. Ölümden sonraki yaşamın gerçeğini ve ölümden sonra ruhun durumunu araştırıyordu. Kendisi için gerçeği bulmak için büyük çaba sarf ediyordu. Büyük bir hevesle ölümden sonraki yaşamın gerçek olmasını bekliyordu.

Rüyalarım, Roach'un ölümden sonraki yaşamı, aileme yakınlık hissi, tüm bunlar bir araya gelince tüylerim diken diken oldu. Nadiren tüylerim diken diken olurdu ama şimdi kollarım onlarla doluydu.

İşte buydu. Rüyalarımda ailemle konuşuyordum. Tüm bu gerçekleri bir araya getirdiğimde elde ettiğim açıklama buydu.

Bu düşünceleri daha fazla analiz etmeye çalıştım.

Yüksek hızlarda dönmek beni başka bir alana götürüyordu - Higgs'in antimadde alanı gibi bir şey olabilirdi. Orada madde antimadde ile buluşabilecekti. Belki de ebeveynlerim, sonraki yaşamlarında, bilinçaltımın etkileşime girmeye çalıştığı antimaddelerdi.

Rüyamda çok hızlı bir şekilde dönüyor ve hiçliğin bir çeşidi olan antimadde dünyasına götürülmek üzere hiçlik durumuna ulaşıyordum.

Zihnim alev alev yanıyordu.

Önümdeki çay bardağını aldım ve içimdeki yangını söndürmek için yavaş yavaş yudumlamaya başladım. Mantıklı düşünmek zorundaydım. Tüm bu düşünceler mantıksız görünüyordu.

Düşüncelerim mistik yaşamın vahşi doğasına sapmadan önce kendime mantıklı olma izni vermeliydim.

Gözlerim tekrar Spook'a takıldı. Eğer Mary Roach yaşamdan sonraki hayatın mantığı hakkında düşünüp yazabiliyorsa, neden ben de unutuluşa dönüş teorimin doğru olduğunu kanıtlamak için biraz daha araştırma yapmayayım? Eğer bu doğruysa ve Hadron deneyi antimaddenin varlığını kanıtladıysa, neden çevremizdeki ruhlarla bir temas noktasına ulaşmak için onları birbiriyle ilişkilendirmeyelim?

Bu düşünce tarzı beni sevindirdi çünkü bu, kayıp sevdiklerimizle temas kurmamızı sağlayabilirdi. Böyle bir düşüncenin ardındaki mantığı bulmaktan ziyade, mantıklı olduğundan emin olmak daha iyiydi.

Mantıklı olduğu sonucuna varmak için daha fazla düşünecektim.

Bir süre gözlerimi kapattım. Bir uykuya dalmış olmalıydım. Annemin yanımda olduğunu, beni uyandırmak için ayak bileğime dokunduğunu görüyordum. Bunu her zaman böyle yapardı. Ayak bileğimi birkaç kez itti ve ben de irkilerek ayağa kalktım.

Annemin yanımda durduğunu net bir şekilde hatırlayabiliyordum ve ıslak elinin bileğime dokunuşunu tam da rüyamda bana dokunduğunu gördüğüm yerde hala hissedebiliyordum.

Omurgamdan yine bir ürperti geçti.

Dubai Kumulları Safarisi

Neredeyse beş ay geçmişti ve yeni bir yıla daha girmiştik. Gördüğüm o inanılmaz hayalleri tamamen unutmuştum. Eşim ve kızımın altı aylık Dubai ziyaretlerinin zamanı gelmişti.

Muskat Havaalanı'nda onların uçağının inmesini bekliyordum. Dubai'ninki kadar büyük olmasa da havaalanı beni her zaman büyülemiştir. Hindistan dışında bir kariyer arayışım burada başlamıştı.

Bu havaalanına geldiğimde çoğunlukla başıma iyi bir şey gelecekti - ya sevdiklerimin yanına dönecektim ya da sevdiklerim benim yanıma gelecekti. Her ikisi de yoğun ofis işleri ve seyahatlerin ortasında keyif alınacak şeylerdi. Ziyaretçileri uğurlamak için havaalanına yaptığım yolculukları unutmayı tercih ederim.

Varış alanı dünyanın farklı yerlerinden gelen çok sayıda insanla dolup taşıyordu. Bu günlerde havaalanı çok kalabalıklaşmıştı. Havalimanı otoritesinin 104 check-in kontuarı ve 48 aerobridges ile yeni bir havalimanı terminali inşa etmesine şaşmamalı. Üç yıl içinde Ummanlıların bu hayali gerçeğe dönüşecekti.

İşte oradaydılar, Jai ve Kav'ım. Umman'a yaptıkları son seyahatin üzerinden neredeyse altı ay geçmişti. Kalabalığın arasından arabayı iterek park yerine gittik. Kısa süre sonra Sohar'a geri dönüyorduk, gece vakti iki saate yakın bir yolculuk.

En sevdikleri pizza olan ince ve çıtır exotica çoktan ellerindeydi ve afiyetle yemeye başladılar. Ben de exotica'dan bir parça yedim. Sohar'daki Pizza Hut çok güzel pizzalar yapıyordu; İtalyan ziyaretçilerimiz bile bu konuda kefil olmuştu. Bu yüzden onları havaalanından almaya gittiğimde yanımda mutlaka büyük bir pizza götürürdüm. Üç saatlik bir uçuşun ve iki saatlik bir araba yolculuğunun doruk noktası her zaman lezzetli pizzaydı.

Kav ağzını bir lokma pizzayla doldururken uçuş hakkında konuşuyordu. Sonra birden konuyu vize girişi için yaklaşan Dubai seyahatine çevirdi.

'Baba, bu sefer çöl safarisine gitmek istiyoruz. Bunu en azından bir kez tecrübe etmeliyiz.

Hiçbir zaman böyle çılgın maceraların savunucusu olmamıştım. 'Hayır, Kav. Neden kumullara çarpmak gibi riskler alalım ki? O kum tepelerinin üzerinden geçerken her şey olabilir. Cipin devrildiği durumlar olmuştu.

Kız ısrarcıydı. 'Baba, hanım evladı olma. Sur Amca ve Suv Teyze bile Dubai'de diğer kuzenlerimizle gezintiye çıkmıştı. Onlara hiçbir şey olmadı. Çok keyif aldılar. Neden biz de aynısını yapmıyoruz?

Ben bu fikre tamamen karşıydım. Ancak tartışma hararetlenmeye başlayınca eşim de Kav'ın yanında yer aldı. Sonunda, ikiye karşı bir demokratik bir karar olduğu için vazgeçmek zorunda kaldım.

Kum tepelerinde cesur bir sürüş yapmaya karar verdik.

İki gün sonra Dubai'ye doğru yola çıktık. Her zamanki sığınağımız olan Discovery Gardens'taki Japon otel daireleri Hotel Ziqoo'da kaldık.

Elimde birkaç çöl safarisi organizatörünün telefon numarası vardı. Sonunda Hummer'ı olan Pakistanlı bir tur operatörüyle anlaştık. Kav ve Jai ilk kez bir Hummer'a bindikleri için çok heyecanlıydılar. Hummer'ın fotoğrafı Whatsapp aracılığıyla hemen Amerika'daki oğluma iletildi.

O gün öğleden sonra Hummer'ın organizatörü ve şoförü Yusuf'la birlikteydik. Son on iki yıldır benzer geziler yapıyordu ve artık çöl sürücüleri ekibinin liderlerinden biri haline gelmişti. Çölde kurtarma ekiplerinde de yer almıştı. Bu sözler bize yolculuğa çıkmak için yeterli cesareti verdi.

Yol arkadaşlarımız Kuveyt'ten gelen üç gençti. İlk durağımız Lahbab'dan Sharjah Emirliği'nin bir sonraki kasabası olan Madam'a giden yol üzerindeki Safari Centre oldu. Küçük alışveriş merkezinde ufak tefek alışverişler ve yiyecekler satılıyordu.

Mola yerinin en önemli özelliği Kav'a ilgi duyan tavus kuşuydu. Kav'ın güzel tavus kuşuna çok yakın otururken hızlıca birkaç fotoğrafını çektim. Tavus kuşu sanki bizi baştan çıkarmak istercesine güzel tüylerini tamamen açarak dans etmeye başladı. Seyredilmesi gereken bir sahneydi.

Çok geçmeden Yusuf bizi Hummer'a geri çağırdı. Dört lastiğin de havasının bir kısmını boşaltmıştı. Ondan kumların üzerinde sürüş için lastiklerin tamamen şişirilmemesi gerektiğini anlayabiliyorduk.

Kum tepeleri üzerinde sürüş başladı. Ben en önde, Yusuf'un yanında oturma ayrıcalığına sahiptim. Diğerleri arkamızdaki koltuklarda oturuyordu.

Başlangıçta sürüş güzel ve keyifliydi. Ancak çok geçmeden sürüşün konforu hakkındaki fikrimizi değiştirmek zorunda kaldık. Araba kum tepelerinin üzerinde dik tırmanışlar yaparken kum tepelerinden sekmeye başladı. Önümüzde ne olacağının belirsizliği zihnimizi kemiriyordu ve kısa süre sonra hevesimiz yerini gerginliğe, ardından da paniğe bıraktı.

Yusuf'un bu çöllerde on iki yıllık deneyimi olmasına rağmen, arazi her seferinde değişiyor ve kum tepeleri çöl rüzgârlarının dikte ettiği farklı şekilleri alıyordu. Yani bugün gördükleriniz yarın göreceklerinize yabancı olabilirdi. Daha da kötüsü, her yerde koşuşturan çok sayıda SUV vardı. Sürücülerden biri çok becerikli değilse herhangi ikisi her an çarpışabilirdi.

Sonra olan oldu. Yusuf bir kum tepesine doğru hızla tırmandı. Tepeye ulaştığında, diğer tarafın hiç eğimi olmayan dik bir düşüş olduğunu fark etti. Usta sürücü arabayı sola çevirerek düşüşü saniyeler ve santimlerle önledi. Arkada oturanlar önlerini görmedikleri için herhangi bir fark hissetmeyecekti. Tehlikenin tüm etkisi zihnimdeydi ve neredeyse bir ritim atladım. Benden önce bu dünyadan göçüp gitmiş olan birçok kişi gözümün önüne geldi. İçimi büyük bir panik duygusu kapladı. Bir şeyler ters gidebilir miydi?

Yusuf'un umurunda bile değildi. Aracı bir kenara çekti ve hemen sağa dönerek yokuşu açılı bir şekilde inmeye başladı.

Neredeyse çığlık atacaktım. Önümüzde birkaç figürün hareket ettiğini görebiliyordum ve varlıklarını hissedebiliyordum. Aklımdan bir tanıdıklık geçti. Onları daha önce görmüş müydüm? Yüksek hızla giden bu devasa aracın onları ezmemesi için Yusuf'u durdurmak istedim. Ama birdenbire şekiller gözden kayboldu. Nereye gitmişlerdi? Çölün her tarafı açıktı.

Belki de kimse yoktu. Zihnim beni kandırıyor muydu? Birkaç saniye önce ne gördüğümü hatırlamaya çalıştım. Evet, tam gözlerimin önündeydiler. Ama sadece insana benzeyen belli belirsiz şekillerdi. Benzer şekilleri bir yerlerde görmüştüm ama nerede ve ne zaman olduğunu hatırlayamıyordum.

Ama daha fazla düşünecek zamanım yoktu çünkü araç yokuştan aşağı hızla iniyordu ve diğer herkes çığlık çığlığa bağırıyordu.

Araç, kumun doğada bile olduğu yere ulaştığında düzeldi. Hep bir ağızdan, 'Yeter artık Yusuf. Kampa gidelim.

Zihnimizde, beynimizde ve midemizde bir boşluk hissi vardı. Yusuf bizi daha iyi şeylerin bizi beklediği kampa götürmeyi kabul etti.

Yusuf bizi kumlu yollardan oluşan bir labirentten, sonra asfalt yollardan ve tekrar kumlu yollardan geçirerek çöl kampına götürdü. Kamp tamamen aydınlatılmıştı, sınır boyunca birkaç küçük dükkân sıralanmıştı ve diğer ucunda da gece konaklayanlar için küçük kulübeler vardı.

Ortada dansçıların gösteri yapacağı ahşap bir platform vardı. Dans pistinin arkasında ise açık büfe düzenlenmişti.

Dans pistine yakın, üzerinde birçok yastık bulunan bir mindere yerleştik. Bu kamplarda çok güzel göbek dansları yapıldığını duymuştuk. Daha önce böyle danslar görmemiştik ve bu nedenle performanslarını görmek için çok heveslidik.

Kampın dışında, katılımcıları deve gezintisine çıkaran bir kişi vardı. Biz de başkalarının deveye bindiğini görmek için yanına gitmiştik. Gerçekten çok uzunlardı. Devenin üzerinde otururken bir gökdelenin korkuluğunda oturuyormuş hissine kapılabileceğimizi düşündüm. Bu yüzden deveye binmenin rahatlığını yaşamamaya çoktan karar vermiştim.

Ama Kav kararlıydı. Bu yolculuğu deneyimlemek istiyordu. Ona, Delhi'de arkadaşlarımızla bir tatil köyündeyken deveye bindiğinde kardeşinin başına gelenleri hatırlattım. Oğlum Viv o zamanlar küçüktü.

Viv arkadaşımın karısına tutunurken deve oturduğu yerden kalktı; ikisi de devenin üstündeydi. Hesaba katmadığımız şey, oldukça yüksek olan devenin yüksekliği ve ağacın dallarıydı. Deve hiçbir şey anlamadı ve yürümeye başladı. Ağacın dalları Viv'in minik yüzüne değdi ve Viv yüksek sesle bağırmaya başladı. Görevli bir şekilde deveyi durdurmayı ve binicileri aşağı indirmeyi başardı. Aldığı yaraların acısı Viv'in hayatında bir daha deveye binmemeye karar vermesine neden oldu.

Ama Kav ona söylediklerimi düşünecek durumda değildi ve çoktan yük hayvanının sırtına tırmanmıştı. Yanına bir Avrupalı hanım daha bindi. Deve bir tur attı ve yanındaki görevli yularını tutarken aynı yere geri döndü.

Sonra deve oturmaya başladı. Önce ön ayaklarını eğdi ve bu, üstteki iki kadının devenin boynuna doğru kaymasına neden oldu. Herkes bağırdı, en çok da cesur hanımlar. Her ikisi de birbirlerine tutunurken deve arka ayaklarını bükerek kendini yerle aynı seviyeye getirdi. Kav aşağı atladı ve koşarak yanımıza geldi. Nefes nefese kalmıştı ve kaydıraktan korktuğu belliydi.

Bir şey olmadığını, her şeyin yolunda olduğunu söyleyerek onu sakinleştirmeye çalıştık. O da bize her şeyin yolunda olduğunu ve kendisine bir şey olmadığını söylüyordu. Gülüp geçmeye çalıştı. Ama sanki bir hayalet görmüş gibi gözlerindeki dehşeti görebiliyordum. Onu korkutan şeyin kaydırak olmadığı hissine kapıldım. Başka bir şey vardı. Ama o şeyin ne olduğunu anlayamıyordum. Onu daha fazla sorgulamak istemedim, bu karımı da üzebilirdi.

Yarım saat önce olan buydu ve şimdi minderin üzerinde rahatlamış, yastıkların üzerine eğilmiştik. Jai her zamanki gibi dikkatle sanatçıları izliyordu. Normalde her şeyden zevk alan ve tüm konsantrasyonunu eğlenmeye geldiğimiz şeye veren biriydi. Herkesin yeteneklerini takdir eder ve gördükleri hakkında her zaman iyi şeyler söylerdi.

Ancak Kav'ın zihninin önünde olup bitenlerden uzak olduğunu fark ettim. Dansözler pistteydi ve ritmik müzik çalıyordu. Keyifli bir ortamdı ve dansçılar gerçekten sanatkâr ve mesleklerinde samimiydiler.

Acıktığımı hissettim ve havada uçuşan yemek kokusu bunu daha da acil hale getirdi. Karıma dokundum ve o da kızımla birlikte ayağa kalktı. Üçümüz de çok acıkmıştık ve tek bir dokunuş hepimizin ortak hedefe doğru ilerlemesi için yeterliydi. Açık büfe çok güzeldi. İkimiz vejetaryendik ve her zamanki gibi sevdiğimiz yiyecekleri aramak zorunda kaldık. Ama Kav da tıpkı kardeşi gibi lezzetli olan her şeyi severek yiyordu.

Şansımıza açık büfede hem Arap hem de Hint yemekleri vardı. Araplar çok fazla yeşil sebze yiyor; humus ve muthabel gibi nohut ve patlıcan ezmelerinin yanı sıra iyi bir salata çeşidi vardı ve bunların tadı çok güzeldi; tam bir vejetaryen lezzeti.

Tabaklarımızı doldurduk ve dans pistine geri döndük. Bir sonraki dansçı grubu pistteydi ve dansın önemini duyuruyorlardı. Hepsi erkekti. Dansözlerin güzelliğini gördükten sonra bu öğenin kasvetli olacağını düşündüm. Bu erkekler ne yapabilirlerdi ki en azından kendilerinden önceki hanımlara yaklaşabilsinler!

Unutulmaz müziğin yanı sıra spikerin sesi de kesik kesik İngilizce olarak duyuluyordu. Aksanı bu tür organizatörlerin tipik aksanıydı ve seyircilerin çöl safarisi reklamlarında verilen metni hatırlamaları için önemli olduğunu düşündüğü kelimelere vurgu yapıyordu. Kimse broşürlerde yayınlananları görmediğinden şikayet etmemeliydi.

'Bir sonraki konu Mısır'ın tanoura dansı olacak. Bu dans türünün kökeni on ikinci yüzyıla dayanmaktadır. Ana dansçıyı merkezde, diğer beş dansçıyı da onun etrafında bulacaksınız. Bu sema dansını büyüleyici bulacağınızdan ve sizi tamamen farklı bir dünyaya götüreceğinden eminim. Bu vesileyle sizlere yıldız sanatçımız Ahmed Mansour ve ekibini takdim ediyorum. Keyfini çıkarın ve eminim buna bayılacaksınız.

Sonra Ahmed Mansour tanourasına başladı ve benim de sorunlarım onunla birlikte başladı.

Tanoura

Müzik gerçekten büyüleyiciydi. Etrafta toplanan insanların çoğunun yavaşça ayağa kalktığını ve müziğin melodisiyle sallandığını görebiliyordum.

Altı dansçı dans pistinde belirli bir düzende yerlerini almıştı. En çok ilgi çeken kişi Ahmed Mansour'du. Hafif yapılı genç bir adamdı. Bir dansçının vücuduna sahipti. Yüzü sakindi ve gözlerinde huzurlu bir hava vardı.

Mansour merkezdeydi, arkasında bir dansçı ve iki yanında hafifçe önünde iki dansçı vardı. Diğer ikisi neredeyse sağ ve sol köşelerdeydi. Ön köşesi hafif basık bir altıgen izlenimi veren simetrik bir dizilişti bu.

Hepsi siyah paltolar giymiş ve başlarında düz keçe şapkalar vardı. Paltolarını çıkarıp bir kenara koyduklarında, uzun, yırtmaçlı ceketleri ve bellerinde siyah bir kemer bulunan beyaz frakları ortaya çıktı.

Kollarını çapraz tutarak durdular ve sonra sağdan sola doğru hareket etmeye başladılar. Dönmeye başladıklarında, elleri tamamen açık bir şekilde kollarını uzatmışlardı. Sağ el gökyüzüne doğru tutulurken, sol el yeryüzüne doğru açılmıştı. Dönüş hızlanırken gözleri sol ellerine sabitlenmişti.

Müzik ve dönüş o kadar etkileyiciydi ki, seyircilerin çoğunun ritme göre hareket ettiğini görebiliyordum.

Ben de danslarının her anından keyif alıyordum ve hem karımın hem de kızımın dikkatle dansı izlediğini görebiliyordum. Onlar da önlerindeki olaylara kendilerini kaptırmışlardı. Onlara böyle güzel bir şeyi izletebildiğim için kendimi mutlu hissediyordum.

Birden Mansur'un yanında yedinci bir kişi gördüğümü sandım. Bir an için oradaydı ve sonra kayboldu. Ama birkaç dakika sonra yine bir hayalet belirdi ve orada kalmaya devam etti. Her zaman Mansur'un yanındaydı ve böylece oluşum simetrisini kaybediyordu. Bu kişinin neyin peşinde olduğunu ya da dans pistine tırmanmasına nasıl izin verildiğini anlayamıyordum. Düşündüğüm kadarıyla gösteriyi bozuyordu.

Karıma baktım. Dansın tadını çıkarıyordu. Kızımın yüzünde garip bir ifade vardı ama hala dans ediyordu. Eşime dedim ki, 'Bu fazladan kişinin pistte ne işi var? Simetriyi bozuyor' dedim.

Eşim beni duyunca şaşırmış gibiydi. 'Sen neden bahsediyorsun? Dansta bir sorun yok. Gözlerinizden kaynaklanıyor olmalı. Dansı izlemeye devam edin lütfen' dedi.

Dikkatimi dansa yönelttim. Ama işte oradaydı, yedinci adam ve şimdi Mansour'un ritmini kaybetmesini istercesine onun kolunu çekiştirmeye çalıştığını hissedebiliyordum. Ama Mansur bu yedinci adamın varlığından habersiz görünüyordu ve mükemmel adımlarını atmaya devam etti.

Çok geçmeden sema durdu ve kalabalık dansçıları alkışlamak için ayağa kalktı. Biz de bu Mısırlı gençlerin gerçekten sihirli başarılarını alkışlıyorduk.

Farklı müziklerle iki dans daha yaptılar ve dans ederken elbiseleriyle ve ellerindeki plaket, şemsiye, kutu gibi diğer malzemelerle birçok numara yaptılar. Yıllar süren eğitimleri onları bizim önümüzde yapılan şeyde mükemmel hale getirmişti. Eğlendirmek için doğmuşlar diye düşündüm.

Ama benim için biraz kafa karıştırıcıydı çünkü yedinci adam her zaman Mansour dans ederken ortaya çıkıyor gibiydi. Mansour dans etmeyi bıraktığında bu adam ortadan kayboluyordu. Hatırladığım kadarıyla Mansur sağdan sola doğru dönerken bu adam tam tersi yönde, soldan sağa doğru dönüyordu. Ama Mansour'u çekmeye çalışıyordu. Bu konudan Jai ya da Kav'a bahsetmedim çünkü onların oradaki ekstra adamı görmediklerini ve bana deli diyeceklerini biliyordum.

Belki de deliydim. Yoksa neden bu tuhaf hayalleri bir tek ben göreyim ki?

Kahve molası verildi ve biz de kendimize güzel, dumanı tüten bir kahve aldık. Matın üzerine oturmuş kahvesini yudumlarken Jai dansçıların hareketlerinden bahsediyordu.

'Gerçekten çok güzeldi. Bu kadar uzun süre hiç durmadan nasıl dönebiliyorlar? Sanırım ilk beş dakika içinde başımız dönerdi.

"Sana katılıyorum." Ben de onun peşine takıldım. "Geçenlerde okumuştum, herhangi bir faaliyet üzerinde 10.000 saat çalışmak insanı o faaliyetin ustası yapıyormuş. Bu yüzden bizim oralarda kızlar üç beş yaşından itibaren dans eğitimi almaya başlarlar. Ergenlik çağına geldiklerinde, gerekli olan 10.000 saatlik eğitimi tamamlamış olurlar."

Jai ilettiğim şeyi takdir ederek başını salladı. Ama Kav hâlâ sessizdi. Düşüncelerinde kaybolmuş gibiydi. Aklında ne vardı? O da benim gibi yedinci adamı mı görüyordu?

Spikerin sesi hoparlörden yükselirken düşüncelerimi yarıda kestim. 'Şimdi gündemin son maddesi olan ışık dansı. Lütfen panik yapmayın çünkü gösteriden daha fazla keyif almanızı sağlamak için etrafımızdaki tüm ışıkları değiştireceğiz. İzleyin ve heyecanlanın.

Tuhaf görünümlü paltolar giyen dansçılar ortaya çıktı. Müzik eşliğinde dönmeye başladılar. Bu kez müzik biraz farklıydı ve üzerimizdeki gece gökyüzüne karışan bir etki yaratıyordu. Müzik ve dansçıların görüntüsüyle içime bir kabir azabı hissi yayılıyordu.

Dönme hareketi hızlandıkça etrafımızdaki ışıklar söndürüldü ve ardından dansçılar alev almış gibi göründü. Ceketlerine çok sayıda küçük ışık ampulü takılmıştı ve bunların hepsi parlak bir ışıkla parlıyordu. Dönme hareketiyle birlikte küçük lambalar dansçıların yanmakta olduğu izlenimini veriyordu. Mükemmel bir fikirdi. Etrafımızdaki tüm insanların gösteriyi büyük bir sessizlik içinde izlediğini görebiliyordum. Tamamen farklı bir dünyaya götürülüyorduk. Bu genç adamların zarafeti ile atmosfer çok büyüleyici bir hal almıştı.

Ve sonra yedinci adam göründü.

Bu seferki görüntü öncekilerden daha sertti. Sanırım Mansur'un etrafındaki siyahlık, davetsiz misafirin şeklini daha iyi algılıyordu.

Belli ki Mansur'un ritmini bozmaya çalışıyordu. Ama Mansur dansıyla o kadar meşgul görünüyordu ki hiçbir şey konsantrasyonunu bozamıyordu. Bu bana başka bir düşünce verdi - davetsiz misafiri gören tek kişi ben miydim? Mansur beni görmüyor ya da benim gibi hissetmiyor muydu? Bu beni tamamen çıldırtabilirdi. Zihnim bana açıkça oyun oynuyordu.

Göz kırpmanın etkisini yok etmek için başımı şiddetle salladım. Karımın bu kadar insanın ortasında yaptığım hareketleri onaylamayacağını biliyordum. Göz ucuyla bana kısa bir an için sabırsızlıkla baktığını görebiliyordum, sonra dansın tadını çıkarmaya devam etti.

Ama kızım ne yaptığımı görmek için zaman zaman bana dönüp bakıyordu. Aklımdan neler geçtiğini bildiğini hissediyordum. Ama yüzünde hiçbir tanıma belirtisi yoktu ve sadece endişeli bir ifade vardı. Belki de iyi olmadığımı düşünüyordu.

Gözlerimi tekrar Mansur ve arkadaşlarına çevirdim. Dans gerçekten harikaydı ve renkli lambalar tüm dans pistine şenlikli bir görünüm veriyordu. Kalabalık kendini tamamen performansa kaptırmıştı. Konserden tam anlamıyla keyif alamayan tek kişinin ben olduğumu düşündüm. Bu yedinci adam şu anda hayatımı perişan ediyordu.

Sonra bir süreliğine kendimi mutlu hissettim. Yedinci figür yoktu ve Mansur önde tek başına dönüp duruyordu. Şimdi ışıklı frakın ilk katını yukarı kaldırmaya başladılar ve alttaki ikinci bir frak setini ortaya çıkardılar. İlki başlarının üzerinden çıktı ve tam frak Mansur'un yüzünü kapatırken, davetsiz misafir yanında belirdi. Bu kez onu aşağıya itmeye çalışıyordu ve frak onu kör ettiği için Mansur'un dengesini kolayca kaybetme ihtimali yüksekti.

Bir an için Mansur'un bocaladığını gördüm. Dönmeye devam ederken geri çekildi ve bir anda frağı başından çekip dans pistinin kenarına fırlattı. Cüppeden kurtulur kurtulmaz kendini tamamen kontrol etti ve dönmeye devam etti. Diğeri de ona ayak uydurarak ters yönde dönmeye devam etti.

Çok geçmeden gösteri sona erdi ve hoparlörden spikerin sesi geldi. 'Gösterimiz şimdi sona eriyor. Ama bitirmeden önce, bir gösterimiz daha var. Büyük Mansur'umuzla dans etmek isteyen herkes piste gelebilir. Siyah pelerini giyebilir ve yeni müziğin ritminde Mansur'la birlikte hareket edebilirsiniz. Bu, dans yeteneklerinizi prova etmek için bir fırsattır. Ancak, bayanlar ve baylar, mide bulantısı, kalp rahatsızlıkları ve benzeri sorunları olanların şanslarını denememeleri ve bizi zor durumda bırakmamaları gerektiğini lütfen unutmayın. Hamile bayanların katılımı yasaktır. Şimdi gelin sevgili dostlarım ve tadını çıkarın.

Yere tırmanacak kadar cesur olan sadece dört kişi vardı. Ben de Mansur'a katılmak için ayağa kalktım. Amacım Mansur'la birlikte yedinci adamı kontrol etmek ve herhangi bir uzaylı varlığı hissedip hissetmediğine dair bir fikir edinmekti.

Zemine tırmanmak için ayağa kalktığım anda kızım gömleğimi çekti. 'Baba, gerek yok. Şimdi oraya gitme. Burada kalmak daha iyi' dedi.

Ona dedim ki, 'Sorun değil Kav. Sadece birkaç rotasyon yapıp döneceğim. Sanırım dans etmek için kesinlikle o kadar kapasitem var' dedim. Bununla birlikte Mansur'a doğru yürüyordum.

Mansur kendisine doğru gelen dört kişi olmasına rağmen bana bakıyordu. Ona yaklaştığımda, 'Efendim, bence dans etmemelisiniz. En iyisi kızınızı dinleyin ve yerinize dönün' dedi.

Şaşırmıştım. Kav'ın söylediklerini nasıl dinlemişti? Çok kısık bir sesle konuşmuştu. Çevredeki insanlar bile onu duyamazdı ama bu kadar uzaktaki bu adam onu duymuştu. Bu işte bir bit yeniği vardı.

"Mansur, ben sadece seninle birkaç devrim yapmak istedim. Sesimi çok alçak tutmaya çalıştım. Neredeyse sessiz bir şekilde, 'Sen dans ederken, sana çok yakın başka birinin seni itip kakmaya çalıştığını görebiliyordum. Neydi o? Bunu görmediniz mi, yoksa sadece ben mi gördüm?

'Efendim, size tekrar yalvarıyorum. Lütfen koltuğunuza geri dönün. Bana yaklaşmayın, hatta dans pistine bile çıkmayın. Bu sizin için iyi değil.'

'Tamam, tamam, Mansur. Sadece birkaç tur atacağım ve sonra duracağım. Sadece formüle ettiğiniz bu mükemmel dans yöntemini hissetmek istedim. Önünde eğiliyorum, büyük sanatçı. Dans harikaydı. Sizi her zaman hatırlayacağım.

'Eğer ısrar ediyorsanız, benim için sorun yok efendim. Ama lütfen iki ya da üç dakika sonra hemen geri dönün. Etrafta dolaşmaya çalışmayın ve etrafımda olan biten her şeyi bu kadar merak etmeyin. Bundan sonra beni unutun.

Bir başkası elbisenin içine girmeme yardım etti ve ardından müzik başladı. Beşimiz Mansur'la birlikte sağdan sola dönmeye başladık.

İlk birkaç turda kendimi çok cesaretlenmiş hissettim. Bunu yapabilecek kadar iyiydim. Kendimi çok hızlı sersemlemiş hissedeceğimi düşünmüştüm. Ama hayır, eğlenceliydi. O sırada biri beni dürttü. Bocaladım ama toparlandım. Yanıma kimin geldiğini görmeye çalışıyordum. Ama beni itecek kadar yakınımda kimse yoktu. O zaman ne oldu?

Yine bir itme oldu. Bu sefer öncekinden daha sertti. Birkaç adım kaybettim ve zeminin kenarına doğru ilerledim. Ama yine de devam ettim. Sonra hiç kontrol edemediğim üçüncü itme geldi. Zeminin dışına çıktım ve zeminin etrafındaki kumun üzerine düştüm. Neyse ki kum miktarı oldukça fazlaydı ve kimse orada durmuyordu.

Etrafımdaki insanların acı içinde ağladığını duyabiliyordum ve birçok yardım eli beni kaldırmak için bana doğru geldi. İnsanlar iyi olup olmadığımı soruyorlardı ve ben ilk baştaki utanç duygusunu üzerimden attım. Jai ve Kav beni oradan çıkarmak için koşarak yanıma geldiler. Pelerini çıkarmama yardım ettiler ve yere koydular.

Bu arada müziği durdurmuşlardı ve dans sona ermişti. Mansur'u görmek için başımı kaldırdım. Onunla konuşmayı çok istiyordum. Ama hiçbir yerde görünmüyordu. Çok hızlı bir şekilde ortadan kaybolmuştu.

Spiker herkese günün programının bittiğini ve herkesin mekânı terk edebileceğini söylüyordu. Gece konaklama izni olanlar misafirperverliklerinin tadını çıkarmak için geride kalabilirlerdi.

Kamptan çıktık ve Yusuf bizi bekliyordu. Üç Kuveytli çocuk da koşarak yanımıza geldi. Benim düşme olayımdan sonra onlar da gece kalmamaya karar vermişlerdi.

Keyifli başlayan yolculuk biraz felaketle sonuçlanmıştı. Sonuçlarının bu kadar ağır olacağını asla tahmin edemezdim. Bildiğim tek bir şey vardı; bu meseleler neredeyse benim elimden çıkmıştı. Herhangi bir adım atmadan önce iyi düşünmem gerekiyordu.

Şehre dönüş yolumuzda çoğunlukla sessizdik.

Yerleştirilmiş Düşünceler

Yaya günlerinin ardı arkası kesilmedi. Özel bir şey olmamıştı. Karım ve kızım gelip gitmişlerdi ve hayat her zamanki gibi devam ediyordu. Onları tekrar görebilmek için altı ay ya da daha az bir süre beklemem gerekecekti.

Ofisteydim. Perşembe olduğu için her yerde genel bir uyuşukluk vardı. Yaklaşan hafta sonu her zaman herkeste bir şekilde bitireyim havası yaratırdı.

Ben de masamdaydım, genel e-postaları gözden geçiriyor, birçoğunu okuduktan sonra siliyor, birçoğunu da okumak için zaman kaybetmiyordum.

Postaları ofis görevlisi getiriyordu. Bugünlerde postaneyi kullanan neredeyse hiç kimse yoktu. Genelde önemsiz postalar sadece posta yoluyla gelirdi. Çoğu açılmadan çöp kutusuna giderdi. Umman Postası'nın kendini idame ettirmek için nereden kaynak bulduğunu merak ederdim.

Ama bugün gelen postada benim için bir sürpriz vardı.

Üzerinde Hint pulları olan düz bir zarf ve kız gibi bir el yazısıyla yazılmış adresim vardı. Merak ettim, bana mektup yazmaya zahmet eden bu kız ya da bayan kimdi? Belki de bir iş başvurusudur? Olamazdı. İnsanlar daha hızlı hizmet için e-posta kullanıyordu. Normal posta yeni nesil tarafından 'maymun' postası olarak görülüyordu.

Birisi mektubu kasıtlı olarak postayla göndermiş olabilir, böylece çok hızlı ulaşmazdı. Belki de içeriği o kadar önemli değildi. Ama zarfı açtığımda yanıldığımı anladım.

Mektup 'Sevgili babacığım' diye başlıyordu. Sevgili kızım Kav'dan geliyordu. Şaşırmıştım. Bana ilk kez yazıyordu. Eskiden postayla doğum günü tebrik kartları gönderirdi ama hiç mektup göndermezdi. Daha çok SMS ve WhatsApp mesajlarını kullanıyordu.

İçeriğini anlamak için çok meraklandım ve mektubu inceledim.

Son birkaç aydır mantıksızca gelişen olaylar bu mektupla birlikte daha da garip bir hal almıştı. Jai ve Kav'ın Umman'dan Hindistan'a dönmek üzere ayrıldıkları günü hatırladım.

Dubai'den döndükten sonra dans pistinden düşme olayım hakkında konuşmamıştık. Jai dans pistinde bu kadar sakar olduğum için benimle dalga geçmeye çalışmıştı. Kav konu ne zaman açılsa çok ciddi görünüyordu ama Dubai kum tepeleri safarisiyle ilgili hiçbir şey konuşmak için ağzını açmıyordu.

Maskat Havaalanı'nda check-in işlemlerimizi tamamlamıştık ve göçmenlik kontrolü için içeri girmek üzereydik ki Kav elimi tuttu ve gözlerimin içine baktı. Yalvaran gözlerinin bana bir uyarı mesajı göndermeye çalıştığını görebiliyordum.

Jai göçmen bürosunun girişine doğru yürümeye başlamıştı. Sonra Kav bana, 'Baba, asla o çöl bölgesine geri dönme. Orası bizim için iyi değil' dedi. Bununla birlikte elimi bıraktı ve annesini takip etti. Kapının arkasında gözden kaybolmadan hemen önce bana baktı ve el salladı. Gözlerinde aynı yalvaran ifade vardı.

Ondan sonra, o ayrılık sözleriyle ne demek istediğini anlamaya çalıştım. Bana gerçekte ne olduğunu nasıl bilebilirdi? Çöldeki o dans pistinin etrafında uğursuz bir şeyin gizlendiğini biliyor gibiydi. Umman'a bir daha geldiğinde onunla konuşmalıydım.

Sonra bıraktım ve ne bildiğini öğrenmek için peşine düşmedim.

Şimdi her şeyi açıklıyordu. Neredeyse her şeyi biliyordu ama eskisinden daha tuhaf bir hal almıştı. Mektubu bir kez daha daha dikkatle okumaya başladım.

Sözlerimi ciddiye almayacağını biliyordum. Sana oraya geri dönmemeni söylediğimde gerçekten ciddiydim baba. Oraya gitmeni istemiyorum. O yer kötülüğe işaret ediyor. Orada seni dans pistinden iten bir şey vardı. Diğerleri bunu göremiyordu ama ben anneme bahsettiğin yedinci adamı görebiliyordum. Neden sadece ikimize göründüğünü bilmiyorum. Annem etrafında olup bitenlerden habersiz görünüyordu.

Aramızda kilometrelerce mesafe olmasına rağmen beni sana bağlayan bilinmeyen bir el olduğunu kuvvetle hissediyorum. Bir şekilde Ahmed Mansur'la tekrar buluşmaya gittiğini biliyorum. Bu yüzden bu mektubu yazıyorum. Başka biri görmesin diye e-posta kullanmak istemedim. Ayrıca, mektubu iyice okumak ve akıllıca hareket etmek için yeterince huzurlu zamanınız olması gerektiğini düşündüm.

Her şey Umman'a gelmemizden birkaç ay önce olmaya başladı. Sohar'dan eski sınıf arkadaşım Aleena'yı hatırlıyor musun? Umman'a yaptığı seyahatten bir gün sonra Oberon Alışveriş Merkezi'nde benimle buluşmuştu. Bana bir şey vereceğini söyleyerek beni özellikle yanına çağırmıştı. Onunla buluştuğumda bana Umman'dan Perşembe dergisinin bir kopyasını verdi. Hani şu kurduğunuz hayaller üzerine yazdığınız makalenin olduğu.

Yazıyı ilginç bulmuştu ve siz yazdığınız için dergiyi bana vermek istemişti.

Ben de makaleyi oldukça etkileyici buldum ve yazma nedeninizi gerçekten anlamak için birçok kez okudum. İşte o zaman sizin anlattığınıza benzer rüyalar görmeye başladım. İlk başta, rüyaların bana gelmesinin nedeninin bu konuyu ve sizi düşünmem olduğunu sanmıştım. Ama daha sonra, sanki zihnime düşünceler yerleştiriliyormuş gibi hissetmeye başladım.

Yerleştiriliyordu diyorum çünkü bunlar bana normal rüya görme biçiminde gelmiyordu. Uyanıkken de bunlar aklıma geliyor ve uykum sırasında gördüğümde, uyandığımda hala çok net olacak. Rüyanın hiçbir noktasını unutmuyorum.

Her zaman son hızla dönen bir kişi ve yanında beliren şekilsiz bir hayaletle ilgiliydi. Rüya, şekilsiz suretin topaç çeviren kişiyi yere itmesiyle sona eriyordu.

Bütün bunlar pek umurumda değildi. Ancak o gün çöl kampımıza ulaştıktan sonra, gerçekten bir bağlantı olduğuna inanmak zorunda kaldım. Rüyamda gördüğüm topaç neredeyse Ahmed Mansur'a benziyordu. Ama Mansour yerine, yerden düşen kişi sizdiniz. Dönen şeklin seni aşağı ittiğini görebiliyordum. Sanki Mansur'a müdahale etmenizden hoşlanmamış gibiydi.

Başıma gelen tüm bu şeyler için bir açıklamam yok ama çöldeki o yere tekrar gidersen kötü bir şey olmasından korkuyorum.

O gün deveden nasıl indiğimi hatırlıyor musun? O zaman düşeceğim diye çok korkmuştum. Ama bundan da öte, rüyalarımda gördüğüm görüntünün aynısını önümde gördüğümde sarsıldım. Devenin önündeydi ve sanki benim orada olmamı engellemek istiyordu. Neyse ki düşmedim. Ama ondan sonra, Mansur'a ulaşmaya çalıştığında sana ne olduğunu gördün.

Bütün bunları annemin bilmesini istemediğim için annemin yanında seninle ayrıntılı konuşmak istemedim. Çok çabuk üzülürdü. Ama sizi uyarmak istedim.

İki hafta önce, üç gün boyunca rüya dizisi tekrarlandı. Bu sefer Mansur'la buluşmak için aynı çölde dolaşıyordunuz. Aynı bilinmeyen yumruğun bu görüntüleri zihnime yerleştirdiğini biliyordum. Belki de seni uyarmamı istiyordu. Ama işleri senin için zorlaştırmak istemiyorum.

Baba, kendine dikkat et! Ve beni neler yaptığından haberdar et ki ben de tuhaf bir şey görürsem sana iletebileyim.

Yazınızı bir kez daha okudum. Yazdığınıza olan inancımla, cevapları bulana kadar bunu takip edeceğinizden oldukça eminim. Karanlıkta kalmaktan daha iyi bir yol. Eğer bu arayışta bir yardımcıya ihtiyaç duyarsanız, beni arayın!

Bu kesinlikle garipti. Ama beni daha kararlı yaptı. Bu işin sonuna kadar gitmeliydim.

Kav bu işe karıştığından, Ahmed Mansur'la buluşmak için çöle yaptığım dönüş ziyareti sırasında olanları ona anlatmaya karar verdim. En azından bu onu daha kendinden emin yapacak ve o kadar da gergin olmayacaktı.

Bu gizemin nasıl mistisizmle yoğrulduğunu öğrensin!

Mistik Mansour Ile Buluşma

Kızıma başıma gelen her şeyi açık bir şekilde yazmam gerekiyordu. Artık gerçeklerin yarısını bildiğine göre, olayların tamamını bilmesi daha iyi olacaktı. En azından güvenebileceğim bir kişi olacaktı.

Son iki haftada olanları gözden geçirdim.

Bu olayların ardındaki gerçeği Ahmed Mansur'dan öğrenmeye karar vermiştim. Gerçekleri bilen tek kişi o gibi görünüyordu. Bu nedenle yapılacak ilk şey onu bulmaktı.

Dubai'ye gittim ve bizi daha önce çöle götüren Hummer'ın şoförü Yusuf'la irtibata geçtim. Hummer'ı kendim için ayırttım ve Yusuf'a başka yolcu almamasını söyledim. Onun için bu garip bir istekti.

Çöle giderken, Yusuf çöldeki yaşamını -çölün kumlarıyla on iki uzun yıllık dostluğunu- çok güzel bir şekilde anlattı. Kum tepeleri üzerinde araba sürme konusunda engin bir deneyime sahipti ve bu süre zarfında pek çok kazaya tanık olmuştu. Zaman içinde çölün, eski savaş ve anarşi günlerinden kalan öfke ve intikam duygularının ve kazaların kurbanlarının kayıp ruhlarıyla dolduğu görüşündeydi.

Hindistan'dan gelen sinema sanatçıları da dahil olmak üzere çok sayıda turiste nasıl yardım ettiğine dair pek çok hikayesi vardı.

Ona Ahmed Mansur'la buluşma niyetimden bahsettiğimde gerçekten şaşırdı. Ama ona yalan söyledim ve birkaç eski dans formu üzerine bir kitap yazdığım için tanoura dansı hakkında daha fazla şey öğrenmek istediğimi söyledim. Bu onun merakını dindirdi.

Kampa ulaştık. Yusuf kampın müdürünü tanıyordu ve doğrudan onunla ofisinde buluşmaya gittik.

Mansur'un nerede olduğuna dair yaptığımız soruşturmada, gösterilerinden birinde kaza geçirdiğini ve Cebel Ali'de hastaneye kaldırıldığını öğrendik. Kaza çok ciddi değildi, ancak sol kolunu kırdı ve iyileşmesi için on gün hastanede kalması gerekti. Dans pistinden düşmüş ve sol kolu vücudunun altında kalacak şekilde yere çakılmıştı. Bu darbe kolunun kırılması için yeterliydi.

Uzun bir nefes aldım. Sonunda o yedinci adam Mansur'u dışarı itmeyi başarmış görünüyordu.

Hastanenin adresini not aldıktan sonra kamptan ayrıldık. Mansur'la konuşurken Yusuf'un yanımda olmasını istemediğim için ertesi gün hastaneye gitmeye karar verdim. Böylece kendimi Discovery Garden'daki ZiQoo Otel'e bıraktım.

Hastane otelden çok uzakta değildi. Mansour'u çok kolay bulabildim. Hastane yatağında dinleniyordu ve ayrı bir odadaydı. Bu benim için iyi bir şeydi çünkü onunla konuşacaklarım etraftakilerin kulağına gitmeyecekti.

Mansur beni gördüğüne pek şaşırmadı. Beni sert bir selamla karşıladı ve ben de kendimi tanıttım. Ona orada bulunma nedenimi anlattım ve beni dikkatle dinledi. Hikâyeyi benim açımdan dinledikten sonra anlatmaya başladı.

Ondan duyduklarım daha derin bir gizem vaat ediyordu. Ve daha kat etmem gereken uzun bir yol olduğunu biliyordum.

Mansur Türkiye'de Konya denilen bir yerden geliyordu. Ailesi aslen Mısırlıydı ama dini nedenlerden dolayı bir asırdan fazla bir süre önce Türkiye'ye göç etmişlerdi. Büyükbabası, büyükannesiyle birlikte hâlâ Konya'daki atalarının evinde yaşıyordu. Kendi anne ve babası Konya'dan Ankara'ya taşınmış ve orada yaşıyorlardı.

Mansur'un anne ve babası, o ana rahmine düştüğü sırada çölün ortasındaki Dubai'deydi ve tüm sıkıntılarının temel nedeni de buydu.

İslam'ın bir parçası olan Sufi adlı özel bir dini tarikattan geliyorlardı. Babası altmışlı yılların sonunda daha iyi bir yaşam arayışıyla Konya'dan ayrılmış ve Dubai'ye yerleşmişti. Çölün şeyhlerinden birinin kızıyla evlenmiş ve oraya yerleşmişti.

Mansur tanoura dansını çocukken babasından öğrenmişti. Babası tanoura konusunda uzmandı ve Dubai'ye birçok yerden gelen ziyaretçiler için gösteri yapardı.

Ancak çölde hiçbir zaman huzurlu bir yaşamları olmamış. Mansur, çocukken gecenin köründe insanların kendilerine saldırmasından korktuğunu hatırlıyor. Uğuldayan rüzgar onlara her zaman kötü şeyler getirirdi. Yaklaşık sekiz yaşındayken tüm aile büyük bir kaza geçirmiş ve evleri yanmış. Neyse ki hepsi sadece küçük yaralarla kurtulmuş. Ama bunun üzerine babası Dubai'den ayrılıp Konya'ya dönmeye karar vermiş.

Mansur Konya'da büyükanne ve büyükbabasının yanında kalır. Onlardan, dedesinin birkaç kez uyarmasına rağmen babasının Konya dışına çıktığını öğrendi. Şimdi hepsine yeniden kavuştukları için çok mutluydular.

Mansur büyükanne ve büyükbabasını o kadar çok seviyordu ki, ailesi Ankara'ya taşındığında o da Konya'da kaldı. Yerel okulda okudu ve Sufilerin dini törenleri için tanur yapmaya devam etti.

Sonra çocukluğunun geçtiği yeri tekrar ziyaret etmek ve orada ne gibi yeni şeyler olduğunu görmek için Dubai'ye gitme isteği duydu. Dubai'de yaşanan gelişmeler her yerde biliniyordu ve Dubai gençlere çok şey vaat ediyordu.

Ailesi ve büyükanne ve büyükbabası Dubai'ye gitmesini ve orada bir iş aramasını kabul ettiler. Büyükbabası ona özellikle doğduğu çöle gitmemesini söylemişti. Sebeplerini sorsa da dedesinden herhangi bir yanıt alamadı.

Dubai'ye vardığında merakı temkinliliğine galip gelmiş ve onunla tanıştığım seyahat firmasında çalışmaya başlamış.
Ve orada bulunduğu birkaç hafta içinde sıkıntıları başladı.

Benim gördüğüm aynı hayalet onu sürekli rahatsız ediyordu. Bu şeyin, her ne ise, onu dans etmekten alıkoymaya çalıştığını ya da bir şekilde ona zarar vermeye çalıştığını biliyordu. Ama kendini tamamen dansa verdiğinde, zihni sadece ilahi şeyleri düşündüğü için ona asla zarar verilemezdi. Tanrı'nın düşünceleriyle dolu olurdu ve hiçbir dış güç onun zihnine nüfuz edemezdi. Zihinsel olarak o kadar güçlüydü.

Ancak tanoura sırasında zihni ne zaman dalgalansa, zihnine düşüncelerin yerleştirildiği hissine kapılırdı ve o gün performansını izlemeye gittiğimde düşüncelerimi bu şekilde anlayabilirdi. Bir şekilde ikimizin de aynı düşünce dalgalarına sahip olduğunu biliyordu.

Frekanslar eşleşiyordu ve hayaletle bağlantılı aynı şeyleri görebiliyorduk.

Konsantrasyonunu anlık olarak kaybettiği bir anda, bahsettiğim gibi yedinci adam onu yerden itti.

Mansur onunla buluşmak için geri geldiğim için mutluydu. Bu ona tanoura ve çöl hakkındaki duygularını paylaşma fırsatı verdi. Ve o gün birlikte bu konudaki gerçeği bulmaya karar verdik.

Mansur, dinlerindeki mistisizm hakkında çok şey bildiği için ilk görüşmemiz gereken kişinin dedesi olmasını önerdi. Eğer oradan başlarsak, bu beladan kurtulmanın nedenlerini ve olası yöntemini anlayabilirdik.

Mansur'un doktoruna göre üç hafta içinde seyahat edebilecek duruma gelmesi gerekiyordu. Hastaneye taşındıktan sonra çöl düşmanıyla hiçbir sorun yaşamamıştı. Bu yüzden hareket edebileceği zamana kadar zamanını hastanede geçirmeyi planlamıştı.

Ay sonunda dedesiyle buluşmak üzere Konya'ya gitmeye karar verdik.

Mansur'dan rahat olmasını istedim ve ikimiz için de uçak bileti ayarlayacağıma dair güvence verdim. Dönüşünü Konya'daki yakınlarına hemen haber vermesine gerek yoktu. Bunun yerine seyahat tarihine yakın bir zamanda onlara haber verebilirdi.

Birbirimizle iletişimde kalabilmek için cep telefonu numaralarımızı değiştirdik ve ihtiyaç duyabileceği her şey için beni arayacağına dair ona söz verdim. Merkez ofisteki haftalık toplantılarım için Jebel Ali'ye gitmeye devam ettiğimden, ona istediğim zaman yardım etmem çok kolaydı.

Bu şekilde tanıştık ve iyi arkadaş olduk - benzer düşünce frekanslarına sahip arkadaşlar.

Konya seyahatini dört gözle bekliyor ve bizim için ne gibi garip şeyler barındırdığını merak ediyordum. Heyecan verici bir düşünceydi ama yine de düşüncelerimiz nedeniyle ikimizin de içinde bulunduğu tehlike zihnimi sıkı tutuyordu.

Türkiye Bağlantisi

Kızıma yazmayı bitirdim. Mektubu bir zarfa koydum ve kapattım. Mektubunu bana gönderdiği şekilde göndereceğtim; normal postayla. Sıradan bir postanın diğer postalardan daha az dikkat çekeceğini söylerken haklıydı. Başka hiç kimsenin bu işe karışmasını istemiyorduk.

Ona Konya seyahatimiz hakkında bilgi vereceğime söz vermiştim. Ayrıca bu konuyu çok fazla düşünmemesi konusunda onu uyarmıştım, böylece son zamanlarda olduğu gibi aklına gereksiz düşüncelerin gelmesini engelleyebilirdi.

Mektubu postaya verdim ve maymun postasının işini yapmasına izin verdim.

Artık Mansur'u iyi tanıdığım için, Konya'ya yapacağımız gezi ve dedesiyle buluşma önerisi sırasında gizemi birlikte çözebileceğimize çok emindim.

Yolculuk için plan yapmaya başladım. Gideceğimiz yere ulaşmanın en iyi yolunu bulmalıydım. Seyahat acentemizle temasa geçtim.

Türk Hava Yolları'nın Dubai'den İstanbul'a günlük uçuşları vardı ve oradan Konya'ya aktarma yapılabiliyordu. İstanbul'a gitmek yaklaşık beş saat sürecekti ve Konya'ya uçmadan önce yaklaşık iki saatlik bir bekleme süresi olacaktı ki bu da sadece yetmiş beş dakikalık kısa bir uçuştu. İkimiz için de geçici olarak uçak biletlerini ayırttım.

Zaman çok hızlı geçiyordu. Kendimi resmi işlerimle meşgul ettim. Arada, ne zaman Jebel Ali ofisinde toplantılarım olsa, Mansour'la sohbet etmek için hastaneye uğruyordum. Bu gayri resmi sohbetler bizi birbirimize daha da yakınlaştırdı.

Konya'daki aileleri hakkında çok şey öğrendim. Orayı, evini ve ailesini anlattıkça seyahati iple çekmeye başladım. Neredeyse seyahatimize kadar gün sayıyordum.

Normalde Hindistan pasaportu sahipleri için çoğu ülke için önceden vize almak gerekiyordu. Pasaportumda geçerli bir ABD vizesi olduğu için varışta Türk vizesi alabiliyordum, dolayısıyla önceden vize başvurusu yapmama gerek yoktu. Bu büyük bir rahatlamaydı.

Haziran ayıydı ve Körfez ülkelerinde yaz mevsimi zirveye ulaşmıştı. Ayın sonuna doğru Mansour hastaneden taburcu oldu ve doktor tarafından seyahat için uygun olduğu onaylandı.

Hemen seyahat acentesi aracılığıyla biletlerimizi onaylattım ve biletlerimizi çıkarttırdım. Mansour'la telefonda görüştüm ve ona seyahat planlarımızı anlattım. Benimle seyahat etmekten çok mutlu oldu ve beni havaalanında karşılayacağına dair güvence verdi.

Sabah uçuşuydu ve Dubai Havalimanı'nda buluştuk ve Terminal 1'de birlikte check-in yaptık. Kapıda uçağa biniş anonsunu beklerken son birkaç haftadır yaşadığımız olaylar hakkında konuşmaya başladık.

"Gördüğüm hayalet neredeyse kesinlikle seninle birlikte olmaya çalışıyordu Mansur. Her ne idiyse, seninle olan ilişkilerine müdahale etmemi istemediğini hissediyordum. Belki de bunun çölde geçen çocukluğunla bir ilgisi vardır.

'Bu doğru, San. Bu çöller, geçmişteki kavgalar ve kanlı savaşlar sırasında korkunç bir şekilde ölen insanların ruhlarıyla doludur. Yüzyıllar boyunca çöl klanları birbirleriyle savaştı. Ancak son zamanlarda Şeyh Zayed bin Sultan El Nahyan insanları bir araya getirdi ve bu bölgelere barış geri geldi.

'Yani intikam peşindeki o kayıp ruhlardan biri olabilir. Babandan mı yoksa senden mi intikam almak istiyor? Buradan ayrıldığında herhangi bir ruha ya da yaşayan herhangi bir insana düşman olmak için çok küçüktün. Yani geçmişle ilgili bir şey olmalı. Mansur, dönerek kütlesizleşmeye ya da maddeyi antimaddeden ya da canlı dünyayı yaşamdan sonraki dünyadan ayıran eşiğe ulaşmaya meyilli olduğun hissine kapıldım. Belki de yüksek konsantrasyonda dönmeniz sizi kütlesizliğin dış sınırına doğru götürüyor ve bu da antimaddenin ya da ruhun diğer taraftan size ulaşmasının nedeni olabilir.

'San, çok karmaşık şeylerden bahsediyorsun ve bunlar şu anda benim kafamı aşıyor. Sanırım büyükbabamla buluşmamız bu düşüncelerine daha fazla açıklık getirebilir. O zamana kadar bu uçuşun ve Dubai Havaalanı'nın bitmek bilmeyen sıra sıra gümrüksüz satış mağazalarıyla güzelliğinin tadını çıkaralım.

Mansur'a hak vermek zorundaydım çünkü onu gereksiz yere baskı altına almak istemiyordum. Yanımda kafası karışık birinden ziyade aklı başında bir insan olması daha iyiydi.

Konya'ya ilk kez gideceğim için, normal kavrayışımızın ötesindeki konuları tartışmaktansa burası hakkında bilgi edinmenin daha iyi olacağını düşündüm.

Uçuş her zamanki gibi çok keyifliydi, ekonomik sınıf yolcular için bile tüm ihtişamıyla bir Boeing 777-300'de olmak. İyi yemek, güzel film seçenekleri ve yeterli bacak boşluğuna sahip konforlu geniş koltuklar yolculuğu kolaylaştırdı. Memleketimin anılarını aklıma getiren bir Hint filmi izleyebildim.

Mansur zamanını, daha sonra bana Sufizm'in kurucusu Celaleddin Rumi ile ilgili olduğunu söylediği Türkçe bir kitap okuyarak geçirdi. Bu, bugünlerde etrafımda gerçekleşen paranormal faaliyetlerle ilgili araştırma yaparken benim de daha sonra öğrenmem gereken bir şeydi.

İstanbul'da Kemal Atatürk Havalimanı'na indik ve Konya aktarmalı uçuşumuzu bekledik. Havaalanı çok güzeldi, salonlarda tüm modern olanaklar mevcuttu. Dubai'deki kadar büyük olmasa da iyi bir şekilde inşa ve dekore edilmişti ve hoş bir ambiyansı vardı.

İstanbul'dan Konya'ya iç hat uçuşu sadece bir saat sürdü. Neredeyse aceleyle kalkış ve iniş gibi bir şeydi. Nihayet varış noktamız olan Mansour'un memleketi Konya'ya ulaşmıştık.

Bu mistik yerde beni hangi gizemlerin beklediğini merak ediyordum. Mansour'dan dinlediğim Konya tasvirinden, çok güzel, huzurlu ve sevgi dolu sakinleri olan bir şehir olduğunu anladım. Yüzyıllar öncesine dayanan çok eski bir kültüre sahip. Nüfus çok fazla olmadığından çoğu birbirini tanıyormuş.

Havaalanından bir taksiye atladık ve Mansour'un evine doğru kısa bir yolculuğa çıktık. Güneş neredeyse çekilme aşamasındaydı ve sarımsı kahverengi ufuk çizgisi hoş bir manzaraydı.

Yolun ilk bölümü neredeyse ıssız bir mahalleden geçiyordu. Yolun iki tarafında çok fazla bina yoktu. Yaklaşık on dakika sonra binalar görünmeye başladı.

Eski mimariye sahip, onları zarif kılan birçok binanın yanından geçtik. Yeni ile eskinin karışımı bir Türk özelliği gibi görünüyor.

Yollar o kadar geniş değildi. Belki de Umman ve Dubai'nin geniş otoyollarını gördükten sonra bu yolların dar olduğunu düşündüm. Aslında, şeritler iyi işaretlenmişti ve çoğu zaman, çok uzun olmayan ağaçlardan oluşan bir refüjle bölünmüş dört şeritli bir yolda ilerliyorduk.

Mansour'un evine vardığımızda sokak lambaları yanıyor ve gecenin geldiğini haber veriyordu.

Mansur taksinin parasını ödedi ve çantalarımızı taşıyarak evine girdik.

Huzur dolu gözleri ve aydınlık dolu yüzüyle yaşlı adamı görmek biz yorgun yolcular üzerinde gerçekten de rahatlatıcı bir etki yarattı. Mansur'un dedesi olduğunu tahmin ettiğim bu kişinin, sıkıntılı zihinlerimizi teselli edebileceğini ve kalbimizde çerçevelediğimiz sayısız soruya cevap bulabileceğini biliyordum.

Mansur'un büyükbabası Mahmud yetmişli yaşlarının sonlarındaydı. Orta yapılıydı ve çok sağlıklı görünüyordu.

Mansur'un çelimsiz bir kadın olan büyükannesi de yaşlı adamın yanında belirdi. Mansour'u kucakladı ve torununu görmekten duyduğu mutluluğu gizleyemedi.

Bize odalarımızı gösterdiler ve dinlendikten sonra yemek salonunda buluşmamızı istediler. Yeni bir mutfak düşüncesi beni acıktırdı.

Dubai'de Türk meslektaşlarımla Türk yemeklerini tatmıştım. Sohar'da kaldığımız yerin hemen yanındaki Türk restoranından akşamları çok güzel kokular yayılıyordu. Et ya da balık yemesem de ızgara yemeklerin kokusu her zaman ağız sulandıran bir deneyimdi.

Hızlı bir banyo yaptım ve kendimi çok hafiflemiş hissettim. Artık Mahmud'u dinleyerek geçireceğim uzun bir geceye hazırdım.

Mansur odama geldi ve beni yemek odasına götürdü.

Atıştırmalıklardan oluşan güzel bir sofra vardı. Hepsini sayamasam da samosa, pirzola ve falafeli ayırt edebiliyordum. Midemi çeşitli sebze bazlı ürünlerle doldurdum. Patlıcan, Türk atıştırmalıklarında ortak bir malzeme gibi görünüyordu.

Tüm atıştırmalıklar çok lezzetliydi. Mansour bana bu yiyeceklerin isimlerini söyledi ama ben lezzetli olanları yemeye çok hevesli olduğum için isimler aklımda kalmadı.

Güzel karşılama yemeği için büyükannesine teşekkür ettim. Sonra kalkıp Mahmud'un bizi beklediği salona doğru gittik.

Eğirmenin Arkasindaki Teori

Mahmud, yetmişli yaşlarında olmasına rağmen zihni çok güçlüydü. Düşüncelerinin keskinliği konuşmasından anlaşılıyordu. Arkasındaki büyük yastığa yerleşti. Kalın bir halının üzerinde oturuyorduk. Tütsü kokusu odayı doldurmuştu. Dindar bir atmosfer yaratmıştı.

Bize ikram edilen sıcak Türk kahvesini yudumluyorduk. Mansur ile dedesi arasındaki özel bağ çok açıktı. Birbirlerine o kadar saygı duyuyor ve seviyorlardı ki, birbirlerini selamlama şekilleri bana aile sevgisi hissi verdi.

Mansur dedesine Konya'ya yapacağımız gezinin amacı hakkında bilgi vermişti.

Mahmud anlatmaya başladı: 'Tasavvufun kökleri tam da buradadır. Farklı şekillerde var olsa da, öngörülen disiplini takip etmek için organize bir yöntem on ikinci yüzyılda kuruldu. İslamcılığın bir parçasıydı ama daha mistik bir şekilde takip ediliyordu.

"Sufi seması ya da Sufi dönmesi bir meditasyon biçimidir. Normalde insanlar oturarak ya da bazı durumlarda hiç hareket etmeden ayakta meditasyon yaparlar. Hinduizm'deki bazı sadhusların Himalayalar'da nefes almadan saatlerce oturdukları söylenir. Ancak Sufizm'de meditasyon kendi kendine dönmeye konsantre olarak gözlemlenir.

'Dönmek, ellerinizi, bedeninizi ve bacaklarınızı doğayla aynı hizada tutmanın sabit bir yoludur. Temel inanç, evrendeki her şeyin bir gök cismi etrafında dönerken aynı zamanda kendi etrafında da döndüğüdür. Gezegenlerin kendi eksenlerinde döndüklerini ve aynı zamanda güneşin etrafında hareket ettiklerini biliyorsunuz. Güneş sistemimiz dönme teorisi üzerine kuruludur.

'Benzer şekilde, Sufizm'de de tanrısallığa yaklaşım dönme üzerine kuruludur. Ancak eğirme üzerine yaptığım çalışmalarda, eğirmenin dini terbiyemiz sırasında öğretilenden daha fazla boyutunu bulacak kadar şanslıydım. Bu teori üzerinde daha sonra duracağım. Öncelikle, uyguladığımız semanın içsel anlamı hakkında sizi bilgilendirmeme izin verin.

"Semazenin, yani sema eden ya da fiziksel meditasyonun sema türünü uygulayan kişinin özel giyim tarzı, Sufizm ilkesinin gerçek anlamına dayanır. Deve tüyü başlık egonun mezar taşını temsil eder. Bu, öfke ve nefretin ana nedeni olan egonuzdan kurtulmanız gerektiği anlamına gelir. Geniş beyaz eteği egonun kefenidir. Ritüelin başında dansçılar siyah pelerini çıkarırlar. Bu şekilde dış örtüsünü kaldırarak kendi içindeki gerçeğe yeniden doğmuş olur. Uzun kollu beyaz giysi kişinin huzurlu zihnini gösterir.

"Dansın başlangıcında, icracı kollarını göğsünün üzerinde çapraz tutar, bu da Tanrı'daki birliği ve Yüce Olan'ın birliğini gösteren bir rakamını temsil eder. Dönerken kollarını açık tutar, sağ eli gökyüzüne, sol eli ise yeryüzüne açıktır. Sağ el, her zaman üstümüzde olduğu düşünülen Tanrı'nın lütfunu almaya hazırdır. Sol el ise Tanrı'dan gelen ruhani armağanları semayı izleyen dünyevi ölümlülere aktarır. Böylece, Tanrı ile dünyalılar arasında bir elçi veya aracı ya da daha bilimsel bir ifadeyle bir aktarım noktası görevi görür.

'Semazen, tüm insanlığı kucakladığı sevgiyi göstermek için kalbinin etrafında sağdan sola doğru döner. Sevgi mesajı ve insanlığın iyiliği için gerçekleştirdiği kefaret bu ritüel aracılığıyla iletiliyor.

'Hiç ara vermeden aynı hızda dönmeye devam etmenin ne kadar zor olduğunu tahmin edebilirsiniz. Bu, semazenin yıllar süren eğitimle kazandığı konsantrasyondur. Bilim adamları, aynı faaliyeti 10.000 saatten fazla uygulayabilen herhangi bir kişinin bu konuda ustalaşacağını söylüyor. Bu nedenle ebeveynler çocuklarını üç ya da dört yaşından itibaren farklı sanat dallarını öğrenmeleri için göndermeye başlarlar. Bu, yirmi yaşına geldiklerinde ilgi duydukları alanda ustalaşmalarına yardımcı olur.

Daha önce Jai'ye bir sanatı icra etme konusunda ilettiğim gerekçenin aynısını duymak beni mutlu etmişti. Bu konuda tesadüfen okumuş olsam da, şimdi bana yazarın bu konuda gerçek olduğu anlaşılıyordu. Kilometrelerce uzakta kalan bu bilgili kişi bile aynı bilgeliği tekrarlamıştı.

Mahmud açıklamasına devam etti: 'Semazenler hayatlarının çok erken dönemlerinde uygulamaya başlarlar. Yüce Allah'a hürmetinizi gösterdiğiniz bu dini kefaret biçimine ilgi duyarlar. Tüm inananların sema yapabilmesi ve birlik içinde Tanrı'ya doğru ilerleyebilmesi mümkün değildir. Bu nedenle, gerçekten adanmış olanlar bu kefareti toplumdaki herkesin iyiliği için yaparlar.

'Şimdi Mansur'a neden onun gibi dindar bir Sufi'nin çölde tanura yapmaması gerektiğini söylediğimi anlayacaksın. Bu kesinlikle felaket getirir. Seni cezalandıracak olan Tanrı değil, ama sen bu hareketinle şeytanlara doğru hareket ederek Tanrı'yı bile çaresiz bırakıyorsun. Mansur'un başına gelen de tam olarak buydu.'

Mahmud durdu.

Ağzımız neredeyse açık oturuyor, bu yaşlı adamın söylediği her kelimeyi sindirmeye çalışıyorduk. Sözlerinden bilgelik akıyordu ve biz onun tek bir hecesini bile kaçırmak istemiyorduk.

Mansur'un ifadesinden, şimdiye kadar kötüye kullandığı yeteneği hakkında çok fazla düşünmediğini anlayabiliyordum. Kendisi için büyük bir hata yapmıştı ve bilmeden ben de bunun bir parçası olmuştum. Bu, açıklayamadığım oldukça tuhaf bir tesadüftü. Ama bu konuyu Mahmud'a özellikle sormam gerektiğini aklıma koydum. Bunu bilmek kesinlikle ilginç olurdu. Bu büyük adam benim soruma bir cevap verecektir.

Mahmud kahve şişesine bakıyordu ama şişe boştu. Mansur'un büyükannesi Nargis sanki sezgileriyle yeni bir kahve şişesiyle içeri girdi. Bizim için doldurdu ve Mahmud'un anlattıklarından tam anlamıyla etkilenmemiz için bize enerji verecekmiş gibi hevesle yudumladık.

Mahmud devam etti: "On ikinci ya da on üçüncü yüzyılda Sufizm diğer İslami Arap devletlerine yayıldı. Mısır'da iplik eğirme ritüellerini kabul ettiler ama kısa süre sonra dans sanatını ticarileştirdiler. Dini meditasyonun bir parçası olarak uygulamak yerine, müşterileri eğlendirmek için kullanıyorlardı.

Mısır'da buna tanoura diyorlar ve siz de Dubai çölünde Mansour tarafından icra edilen tanourayı deneyimlemişsinizdir. Bu, göbek dansı gibi diğer eğlencelerle birleştirilirdi."

Sesi sertleşti ve Mansur'a baktı. 'Mısırlı dansözlerle birlikte tanoura yapmayı nasıl düşünebilirsin? O çöle geri dönmemen için sana yalvarmıştım. Ama uyarılarıma rağmen gittin ve şimdi bunun acısını çekiyorsun. Sen bir Sufisin ve eğlence için dans etmemen gerekiyor. Bunu neden yapasın ki? Tanoura ya da oryantal dans gibi istedikleri her şeyi öğrenip dans edebilen başka insanlar da var. Bu işe hiç kalkışmamalıydın.'

Mansur başını öne eğdi. Mahmud'un gözlerinin içine bakmadan, bunun için üzgün olduğunu ve bu hatayı bir daha tekrarlamamaya niyetli olduğunu mırıldandı.

Mahmud Mansur'un özrünü kabul etmiş görünüyordu. 'Tamam, tamam Mansur. Şimdi dikkatle dinle. Doğuştan Sufi olan birinin tanura ve Sufi semasını karıştırması din görevlileri tarafından kabul edilemez. Yüce Allah bize asla zarar vermez. Bir çocuğun yaramazlık yapması ve annesinin çocuğunu her zaman affetmesi gibi, Yüce Tanrı da çocukları olan bizleri affeder. Ancak zaman zaman aşırı olumsuz güçlerin elinde olduğunuzda size yardım edemeyecektir. Yüzyıllardır süregelen medeniyetsiz yaşam biçimlerinden kaynaklanan kötü kanla dolu bir çölde olduğunuzda böyle olur.

'Dünya üzerindeki herhangi bir yerin ölmüş ruhlarla dolu olabileceğine inanılır. Öldükten sonra bile iyi insanların tutumu olumlu, kötülerinki ise olumsuz kalacaktır.

'Yıllarca süren meditasyon ve araştırmalardan edindiğim izlenim, ruhların fiziksel bedenlerinden ayrıldıkları bölgelerde kaldıkları ve o bölgelerde doğan insanları etkiledikleri yönünde. Neyse, daha sonra anlatırım.

'Ruhların pozitifliği ve negatifliği ve nasıl davrandıkları hakkında bilgi sahibi olmak istiyorsanız, dönmenin ardındaki teori hakkında daha fazla bilgi sahibi olmalısınız. Sufizm, sema ritüelini belirli bir niyet için oluşturmuştu. O günlerde, yaşam hakkında bizden daha fazla şey öğrenmek için iç gözleri vardı.

'Büyük bir konsantrasyonla döndüğünüzde, hiçliğe doğru ilerliyorsunuz. Dönmenin hızı ve ruhunuzun Yüce Olan'a yoğunlaşması sizi, yaşayan ruhlar ile yaşamdan sonraki yaşamın ruhlarını ayıran katmana yakın bir mutluluk durumuna yaklaştırır. Ruh bu dünyada kendisine bağlı belirli bir formla kalır ve dünyanın diğer tarafına geçtiğinde hiçbir kütlesi ya da şekli olmayacaktır.

"Sufi ayininde derin bir konsantrasyon içindesinizdir ve yalnızca Yüce Olan'ı düşünürsünüz. Bu trans halindeyken, başka hiçbir güç sizi etkileyemez çünkü zihniniz sürekli dönen her şeyin merkezi olan Yüce Olan'a tamamen adanmışken zihninizi delip geçemez.

'Fakat aynı ritüeli başkalarını eğlendirmek niyetiyle gerçekleştirdiğinizde, zihniniz tam olarak merkezi ruha yönelmez. Dalgalanır ve diğer dış güçlerin konsantrasyonunuzun üstesinden gelmesine ve böylece zihninize girmesine fırsat verir. Bu sizin bilginiz dışında gerçekleşir. Bunun neden sadece Mansur'un başına geldiğini düşünüyor olabilirsiniz. Bunun bir nedeni var.

'Mansur doğal bir Sufi'dir ve hayatını hepimizin dahil olduğu dini ruha adamış olması gerekir. Yıllar boyunca temel niyetimize karşı duyduğu sarsılmaz sevgi sayesinde dönmeyi öğrenmiştir. Bu nedenle konsantrasyonu kusursuzdur.

'Ancak normal tanoura dansçıları danslarını sadece eğlence için yaparlar ve kendilerini tek bir noktaya konsantre olmaya pek adamamışlardır. Dolayısıyla, izleyenler için iyi dans etseler de, gerçekte dini dönüşün nihai durumuna ulaşamazlar. Bu nedenle, Mansur'un aksine, döndükleri zaman hala maddi dünyadadırlar. Artık görünmeyen güçlerin onları neden etkilemediğini biliyorsunuz. Ölen ruhların güçlerinin yakınına bile ulaşamazlar.

'Ama Mansur çöldeki dansları sırasında kütlesizlik durumuna ulaşabilir ve ulaşacaktır da. Aradaki fark burada yatıyor ve Mansur'un etkilenmesinin nedeni de bu.'

Aklıma bir endişe geldi. Bunu Mahmud'a ilettim. 'Efendim, Mansur'un Dubai'de çölde etkilendiğini nasıl sezdiniz? Mansur bana iş aramak ve iyi bir yaşam için biraz para kazanmak amacıyla Dubai'ye gitme niyetini açıkladığını söyledi ama siz Mansur'un çölde kapana kısılacağını biliyordunuz. Bu nasıl mümkün olabilir? Mansur da senden gelen bu ön uyarıyla şaşkına döndü.'

Mansur'a baktım ve soruma katıldığını göstermek için başını salladı.

Mahmud ikimize de baktı. 'Çok seyahat ettiniz. Açlık hissetmiyor musunuz?'

İkimiz de hep bir ağızdan aç olmadığımızı ama onun gözlemlerini ve deneyimlerini daha fazla dinlemek istediğimizi söyledik.

Mahmud aynı fikirde değildi. 'Ama açlıktan ölüyorum. Nargis'in yemeklerinin kokusu beni daha da acıktırıyor. Akşam yemeği için bir molaya ihtiyacımız var. İyice yiyelim, sonra daha fazla ayrıntıya girebiliriz. Gece daha çok yeni ve gün doğmadan hikayeyi tamamlamak için yeterli zamanımız var. Gelin, yıkanalım ve mutfağa saldıralım.'

İsteksizce ayağa kalktık. Ama çok geçmeden koku bizi öylesine sardı ki midemiz iştah açıcı Türk yemeklerini arzulamaya başladı.

Ruhun Evrimi

Akşam yemeği harikaydı - orijinal Türk mutfağı. Bu yaşta bile kendilerini nasıl sağlıklı tuttukları açıkça görülüyordu. Yemeklerin kokusundan da anlaşılacağı gibi, Nargis'in elleri yemek pişirirken mükemmeldi. Temelde kötü bir yiyici olmama rağmen, yakın geçmişte böyle yemek yemekten zevk almamıştım.

Servis edilen yemekler hakkında daha fazla bilgi edinmeye çalıştım. Mansour büyükannesine benim vejetaryen olduğumu söylediği için özel sebze yemekleri yapıyordu.

Tereyağı, kızarmış patlıcan, biber ve domates sosuyla pişirilmiş pirinç olan sade pilav vardı. Zeytinyağlı dolma ve mucver de çok güzeldi. Sonradan Mansur'dan öğrendiğime göre dolma domates, patlıcan ve asma yaprağı gibi sebzelerin doldurulmasıymış. Mücver ise rendelenmiş patates, yumurta, soğan, peynir ve unun fırında kavrulmasıyla yapılıyor.

Cacık, sulandırılmış yoğurt ve kıyılmış salatalıktan yapılıyor; garnitür olarak servis edildi ve tadı çok lezzetliydi.

Yemekten sonra Türk kahvesi olmazsa olmaz, bu yüzden yumuşak, kabarık yastıklara yaslanırken enerji vericiyi yudumladık.

Büyükannesinin bulaşıkları yıkamasına yardım ettikten sonra Mansour da bize katıldı. Artık büyükbabasını dinlemeye hazırdık. Heyecan kahve ile birlikte demlenmeye başladı.

Mahmud biraz öksürdü ve minderin üzerinde kendini düzeltti. Sonra ruhlarla ilgili harika destanına başladı: "Hiç düşündünüz mü, bedenimiz ruhu içine nasıl alıyor ve öldüğümüzde ruh nereye kayboluyor? Bu, birçok kişinin kendine sorduğu ama hiçbir cevap bulamadığı bir sorudur. Pek çok bilim insanı ruhun ne olduğunu bulmak için pek çok deney yapmış ancak mantıklı bir çözüm bulamamıştır.

'Bunun birçok kişi için kabul edilemez olabilecek bir açıklaması var. Ama benim için bu mükemmel bir düşünce ve şu anda düşündüğüm ve size söylediğim şeye kendimi inandırmak için pek çok deneyim yaşadım.

'Eğer ikna olmazsam, sizi ya da başkalarını ikna edemeyeceğim doğrudur. İkna oldum ama doğru olduğunu düşündüğüm şey konusunda başkalarını ikna etmeye hiç kalkışmadım çünkü bu onların hayatlarını değiştirmiyor. Ama benim için bu önemli, çünkü bize hemen yakın olan insanlar için çok önemli olduğu bir durumdayız.

"Dediğim gibi, dönüş bizi hiçliğe yaklaştırıyor ve bu konum normal ruhlara yabancı şeylere neden olabilecek bir şey. Bu tıpkı bir uçurumun kenarında olmak gibidir; güç dengesindeki ufak bir değişiklik dengeyi değiştirerek her iki tarafa da düşmenize neden olabilir.

'Bu yüzden daha fazla şey öğrenmeli ve etrafımdaki insanları korumalıydım. Bu doğal fenomen üzerinde yıllarca çalışmamın düşüncelerim üzerinde iyi etkileri oldu ve konsantrasyonumun yanı sıra muhakeme gücümü de şekillendirdi.

"Şimdi ruhların evrimine geri dönecek olursak, sizinle çevremizdeki pozitif ve negatif enerjiler hakkında konuşmak zorundayım. Herkes bu enerjiler hakkında konuşur ve bazıları belirli bir yerde kaldıklarında bu enerjilerin uygunluğu hakkında bir his edinirler. Peki bu enerjilerin ya da bu enerjilere dair hislerimizin nereden kaynaklandığını merak ettiniz mi?

'Bugünlerde gazetelerde okumuş olabileceğiniz gibi, Büyük Patlama sırasında madde ve antimadde yaratıldı. Ancak zaman ilerledikçe sadece maddeyi görebildik ve antimadde dediğimiz şeyi göremiyor ya da anlayamıyoruz.

"Çalışmalarım antimaddenin kütlesi ya da şekli olmayan bir şey olduğunu anlamamı sağladı. Bu, pozitif ve negatif enerjiler olarak adlandırdığımız etrafımızdaki gizli enerjilerin nedenidir. Bu enerjiler ruhun temel bileşenleridir. Bir kişinin karakteri, gebe kaldığında bedenine giren enerji türüne göre belirlenir. Ruhun girişi hamileliğin ilk üç ayı içinde tamamlanır ve bu dönem kadının rahmindeki embriyoya çok dikkat etmesi gereken dönemdir.

'Bu dönemde pozitif ve negatif enerjiler embriyonun içinde yer kapmak için birbirleriyle savaşırlar ve sonunda en güçlü olan galip gelir. Herhangi bir enerjinin gücü gebe kalmanın gerçekleştiği bölgeye bağlı olacaktır. Eğer o bölgede daha fazla negatif enerji varsa, çocuk kaçınılmaz olarak kötü karaktere yakın bir karaktere sahip olur ve eğer pozitif enerji varsa, kendini iyi doğalı bir insan olarak geliştirir.

'Yıllar boyunca çok sayıda kötü karakterin öldüğü bir yer, o yerin etrafındaki tüm ölmüş kötü ruhlarla birlikte çok güçlü bir negatif enerji akımına sahip olacaktır. Dolayısıyla karı kocanın ikamet ettiği ve çocuklarını dünyaya getirdikleri yer, daha sonraki aşamada karakterlerinin oluşmasında çok önemlidir. Bu, o çocuğun içsel doğası olacaktır - o sırada ona giren ruhun doğası.

'Kütlesiz ve şekilsiz olan ruh, sıradan gözler tarafından görülemez. Ancak çok yüksek bir hızla döndüğünüzde ve kütlesizliğin dış sınırına yaklaştığınızda, onları görme ve zihninizde hissetme gücüne sahip olursunuz.

Her ikimiz de duyduklarımız karşısında şaşkına dönmüştük. Bu gerçekten zihnimize girmiyordu. Dinlediklerimiz gerçekten de beynimizi aşan şeylerdi. Ancak konuşmacı söylediklerine o kadar inanmıştı ki, sanki ruhların evrimi kavramının tamamını anlamışız gibi otomatik olarak başımızı hep birlikte sallıyorduk.

Mahmoud konuşmayı kesti ve etrafımızda bir süre sessizlik oldu. Sessizliği şüpheyle mırıldanarak bozdum, 'Efendim, biraz daha açık anlatabilir misiniz? Sanırım bu bizim normal zihinlerimizin kavraması için biraz karmaşık.

Mansur'un dedesi kahvesini yudumladı ve 'Sorun değil. Anlaşılması daha kolay olacak bir örnekle açıklamaya çalışacağım. Eğildiği yönü değiştirmek için yastığının üzerinde kaydı ve devam etti: "Mansur'u ve sorunlarını bildiğin için sana ondan bahsedeyim. Bu, sorunlarının nedenlerini de anlamanızı sağlayacaktır.

'Mansur'un babası Ali -yani büyük oğlum- evimizde uyguladığımız ritüellere devam etmek istemedi. Onun farklı bir düşüncesi vardı ve ben hiçbir zaman çocuklarımın isteklerine karşı çıkmadım. Onların büyümek için kendi yollarını seçmelerine her zaman izin verdim.

'Ali Ortadoğu'daki birçok ülkeyi gezmiş ve sonunda Dubai çölünde kendine bir yer bulmuştu. Orada aşık olduğu kadını, Mansur'un annesini bulmuş ve onunla evlenmişti. Evliliğinde bile hiçbir sorun yaşamadım. Ama düğün bittikten sonra Türkiye'ye dönmesi ya da en azından çölü terk edip Dubai'nin medeni kısmında kalması için ısrar ettim. Yıllar önce kanunsuzluğun hüküm sürdüğü ve Bedevi gruplar arasında birçok kavganın yaşandığı Dubai'nin acımasız çölünü duymuştum. Çöldeki insanlar vahşi savaşçılardı ve hayatta kalmak için savaşmak zorundaydılar. İngilizce'de dedikleri gibi, en güçlü olanın hayatta kalmasıydı bu.

'Şimdi o çöllerdeki atmosferi ve oradaki hiçliği ne tür bir enerjinin doldurduğunu hayal edebilirsiniz. Negatif enerjiler, sadece sayıları ve vahşi doğaları nedeniyle her zaman pozitif enerjilere üstün gelirdi.

'Ne yazık ki Mansur, gizli enerjinin negatif olduğu bu bölgede dünyaya geldi. Ruhu güçlü negatif enerji tarafından şekillendiriliyordu ve bu enerji o kadar güçlüydü ki Mansur'un annesi Lubina'nın başına sık sık kötü şeyler geliyordu. Sık sık kayıp düşüyor ve mutfakta küçük kazalar geçiriyordu. Tüm bunlar yüzünden aklı çok karışmıştı ve bir şey yapmaya korkuyordu.

Ali en sonunda Konya'ya dönen bazı arkadaşları aracılığıyla bana sorunlarından bahsetti. Negatif enerjinin itici gücünü fark ettim ve hemen Konya'ya dönmesini istedim. Şansıma, köy doktorları üç ay dolmadan seyahat etmemelerini söylemelerine rağmen Ali tavsiyeme kulak verdi ve Konya'ya döndü. O aşamada yolculuk Lubina için çok kötüydü ama evimize girdiği anda kötü sağlığının tersine döndüğünü hissetti.

"Daha sonra Lubina çok mutlu oldu ve nihayet Mansur burada doğdu. Üç ayını doldurmadan seyahat ettiği için Mansur'un ruhu henüz tam olarak gelişmemişti ve bu bölgede yaygın olan pozitif enerji, zaten içinde olan negatif enerjiye üstün geldi. Böylece Mansur uslu bir çocuk olarak büyüdü.

'Ali hala onun aptallığını anlamamıştı ve Dubai'ye geri dönmekte ısrar etti. Hiçbir plan yapmadan geri döndüğü için eşyalarının çoğunu Dubai'de bıraktığı bahanesini öne sürdü. Böylece

Mansur doğduktan yaklaşık altı ay sonra üçü de Dubai'ye geri döndü. Lubina da ailesiyle birlikte olmak istiyordu.

"Ali'yi herhangi bir sorunla karşılaşırsa hemen geri dönmesi gerektiği konusunda uyarmıştım. Ama hatasını anlaması birkaç yılını ve birçok felaketi aldı. Sonunda evin yanması onu gerçekten düşünmeye ve Türkiye'ye dönmeye itti. Mansur'un geçmişi böyle. Şimdi onun o çöle geri dönmesine neden izin vermek istemediğimi tahmin etmişsinizdir.

'Ama Mansur da babası gibi dik başlıydı. İyi bir öğrenciydi ve Sufi semasını doğru şekilde öğrendi ve özüne kadar kendini dahil edebildi. Buradayken çok iyi gidiyordu. Sonra Dubai böceği onu ısırdı ve bir gün şansını o büyülü dünyada denemek istedi. Onu çöllerden uzak durması konusunda uyardım. Ama tüm bunları ona açıklamadım çünkü doğduğu gerçeğin üzerine bu kadar büyük bir yük binmesini istemedim.

"İki hata yaptı - çöle gitmek ve ardından eğlence için kutsal dansı yapmak. Her ikisi de onun için kesinlikle iyi değildi. Negatif güçler, kendilerinden bir parça olan ama neredeyse tamamen değişmiş olan ruhunu kolayca tanıdılar. Bu parça, kendilerini tekrar içeri sokmaları için fazlasıyla yeterliydi. Ancak Mansur kendi dönüşüne çok fazla dalmış olduğu için bu ruhlar tarafından alt edilemezdi. Bu yüzden sürekli etrafındaydılar, konsantrasyonunu kaybetmesini sağlamak için onu zorlamaya çalışıyorlardı ve böylece içeri girme şansı elde edebileceklerdi.

"Mansur'un yanında gördüğünüz ve yedinci adam olarak adlandırdığınız hayalet bir ruhtu. Mansur'u itmeye çalıştığını hissediyordunuz ama Mansur olan bitenden habersizdi. Yine de zihninin dalgalandığı zamanlarda, bu görüntülerin varlığını hissedebiliyordu ve siz onun önünde belirdiğinizde, Mansur gerçekleri hemen anlatabiliyordu. Sen de onunkine benzer bir doğa taşıyordun.

Sözünü kesmek için elimi kaldırdığımda Mahmud konuşmayı kesti. 'Efendim, Mansur'la benim ne benzerliğimiz var? Aynı hayali görmemiz dışında bir benzerlik bulamıyorum.

Türk kahvesi Mahmud'un zaafı gibi görünüyordu. Bol bol içiyordu. Kahvenin tadı çok güzeldi ve her yudum bize çevremizdeki bu gizemli olaylar hakkında daha fazla bilgi edinmek için ilave bir itici güç veriyordu.

Mahmud kaldığı yerden devam etti: "Senin düşüncen Mansur'unkine benziyor. Mansur dönmeyi ve onun ilahiliğini biliyordu ama ruhun evrimi ve dönmenin ruhlara yakınlığıyla ilgili içsel gerçek hakkında cahildi. Çölde bunun etkisini deneyimlediği zamana kadar buna bakmıyordu.

'Bildiğiniz gibi birçok nedenden dolayı o rüyayı gördünüz ve bu konuda daha fazla bilgi edinmek için susamıştınız. Bunun ardındaki gerçeği arayışınız sizi, sizinkine benzer düşünce dalgalarına sahip olmaya en yakın olan Mansur'a getirdi.

"Büyüklerin sözlerini ödünç almak isterseniz, ikinizi bir araya getiren kaderdi. Kader, kişinin karakterinin temelini oluşturan pozitif ve negatif yüklerin çalışmasından başka bir şey değildir. Sizi sahip olmanızı istedikleri sona doğru iterler. Eğer pozitiflik negatiflikten daha güçlüyse, zafere doğru ilerlersiniz. Aksi takdirde sonunuz daha çok kötülük olur.

'Mansur senin de hayalet gördüğünü bildiği için ondan uzak durman konusunda seni uyarmaya çalıştı. Herhangi bir zihin konsantrasyonu pratiği yapmamıştınız ve bu nedenle o bölgede baskın olan negatif yüklerin saldırısına karşı çok savunmasızdınız. Mansur doğduğunda başaramadıklarını şu anda manipüle etmeye çalışıyorlardı çünkü Mansur kendini onların ellerine teslim etmişti.

"Planlarına müdahale etmeni istemediler ve bu yüzden seni tek bir hamleyle oradan gönderdiler. Senin zihnin Mansur'unki kadar güçlü değildi ve dönerken gördüğün rüyanın anlamına ilişkin sorular aklını karıştırıyordu. Bu yüzden, zihninizdeki belirsizlik anında, Hummer yokuş aşağı inerken, önünüzde görüntüler belirdi. Hem negatif hem de pozitif parçalar oradaydı, birbirlerini itiyorlardı, biri diğerinin senden uzak durmasını sağlamaya çalışıyordu.

Mahmud konuşmasını bitiriyordu. "Sanırım sana bu gece için yeterince düşünecek şey verdim. İyi bir uyku çekmeye çalışmalısın. Yarın Mansur seni Konya'da gezdirecek ve Konya'nın kültürü ve tasavvufu hakkında ilk elden bilgi edineceksin. Tüm bu gerçekler hakkında daha fazla şüpheniz olabilir. Yarın akşam yemeğinden sonra tekrar oturup bu konuda daha fazla konuşabiliriz. Yarın bu kadar çok konuşan ben olmamalıyım. Sizin deneyimlerinizi ve hayatınıza bu kadar güçlü bir şekilde dokunan bu olayları nasıl gördüğünüzü bilmek istiyorum. Negatif antimaddenin alaylarına boyun eğmemek için zihninizde güçlü -sadece güçlü değil, çok güçlü- olmalısınız.

Birbirimize iyi geceler diledik ve yatak odalarımıza çekildik.

Bir Şifacinin Halesi

Sabah erkenden kalktım. Uyanmak için oldukça erken olduğumu düşünüyordum ama Mansour'un büyükanne ve büyükbabası çoktan uyanmış ve rutinlerine başlamışlardı. Tıpkı Hindistan'da bizim evimizdeki rutine benziyordu. Bütün büyükler sabahın erken saatlerinde uyanırdı. Sadece gençler kalkmaya isteksiz olur ve güneş sırtlarını yakana kadar uyumaya devam ederlerdi.

Nargis'in verdiği demli çay gerçekten enerji vericiydi. Çayın tadını tamamen çıkarmıştım. Eskiden çok iyi çay yaptığım için kendimle gurur duyardım. Ama şimdi iyi çay yapmayı bilmediğimi fark ettim.

Güzel bir buhar banyosunu çok sağlıklı bir Türk kahvaltısı izledi. Kahvaltı için kullanılan Türkçe kelime kahvaltı, yani 'kahveden önce' anlamına geliyor. Mansur bana kahwa'nın 'kahve', altı'nin ise 'altında' anlamına geldiğini söyledi.

Ben sebze çorbası ve domates, yeşil biber, soğan, zeytinyağı ve yumurta ile hazırlanan menemen yedim. Mansur ise bol sebzenin yanında baharatlı sucuk yiyordu. Kahvaltı o kadar keyifliydi ki öğle ve akşam yemeklerini iple çekmeme neden oldu.

Kahvaltıdan sonra Mansour'la birlikte yürüyüşe çıktık. Bu mistik şehrin tarihini ve sufizmini çok merak ediyordum. Mansur'un kendisi de iyi bir öğretmendi. Konuşma yeteneğini büyükbabasından almıştı. Her şeyi çok sade bir dille anlatabiliyordu.

'San, Mevlana Müzesi'ne gideceğiz. Burası aslında Sufizm'in kurucusu Celaleddin Rumi'nin türbesi. Burası bir müzeye dönüştürülmüş ve Mevlana'nın tarihini anlatıyor. Burası evimden yaklaşık yarım saatlik yürüme mesafesinde. Umarım yürümek sizin için sorun olmaz.

Yürümekten çok mutlu oldum. Yürümek bana bacaklarımı iyice esnetme şansı verecekti ve ayrıca çevreyi görüp tadını çıkarabilecektim. Yavaş bir yürüyüş Mansour'dan şehri iyi bir şekilde öğrenmemi sağlayacaktı.

Yürüdük ve Mansour bana çocukluğuyla ilgili şeyler göstermeye devam etti. Yolda Mansour'u hemen tanıyan ve onu 'Günaydın' diyerek selamlayan birçok insanla karşılaştı. Bildiğim tek Türkçe kelime buydu ve ben bunu 'günaydın' olarak anlıyordum.

Tanıştığımız herkes Mahmud için endişeleniyor gibiydi ve sürekli yaşlı adamın sağlığını ve tabii ki Mansur'un bunca gündür nerede olduğunu soruyorlardı. Bazılarına Dubai'den bahsetti.

Bir fırsatını bulduğumda ona, 'Mansur, deden bu şehirde çok tanınan bir isim. Tanıştığımız herkes onun hakkında sorular soruyordu. Aralarındaki bu özel bağı oluşturan başka bir şey var mı? Büyükbabanın yaşlı figüründen daha fazla bir şey var gibi görünüyor onları ona bu kadar yakın kılan.

Mansur derin bir nefes aldı ve sonra cevap verdi: 'Haklısın San. Büyükbabam halk arasında Şifacı Mahmud olarak bilinir. Tasavvufun kadim yollarındaki büyük bilgeliğiyle Konya'nın yoksul insanlarına şifalı bir dokunuş verir. Psikolojik sorunlardan ve bir dereceye kadar fiziksel yetersizlikten muzdarip insanları nasıl iyileştirebildiğini hiçbir zaman anlayamadım. Onu görmeye geliyorlar ve çoğunlukla dedemle konuştuktan bir saat sonra iyileşiyorlar. Sadece çok özel durumlarda danışmanlık seansını iki ya da üç oturuma kadar uzattığını gördüm.

"Yıllar içinde Mahmud etrafında bir şifacı halesi yaratmıştı. Başkalarını o kadar hızlı anlayabiliyor ve onları o kadar şefkatle teselli edebiliyordu ki, sakinleşiyor ve zihinsel olarak yatışıyorlardı. Buradaki insanlar ona çok güveniyor. '

Mansur'u kızdırmaya çalıştım. 'O zaman Mansur, neden burada kalıp büyükbabandan şifa gücünü öğrenmiyorsun? Zengin olmak için Dubai'ye gitmene gerek yok. Burada doğru türden bir şifa dokunuşuyla çok hızlı zengin olabilirsin.

Mansur hemen, "Hiç şansın yok, San," diye karşılık verdi. 'Büyükbabam yaptığı şifa çalışmaları için asla ücret almaz. Bunun kendi yeteneği olmadığına, insanları hastalıklarından kurtaranın Tanrı'nın lütfu olduğuna inanıyor. Büyükbabamın cazibesini ve zarafetini miras alabileceğimi hiç sanmıyorum. Bu, ondan yayılan bu dünyanın dışında bir şey.

'Sana tamamen katılıyorum Mansur. Büyükbabanla geçirdiğim kısa zaman zarfında, büyükbabanın heybetine derin bir saygı duydum. Onu çevreleyen şey gerçekten de büyüklük. Bu auranın kendisi ona yakın olan herkes üzerinde yatıştırıcı bir etki yaratıyor. Mansur'a hak vermek zorundaydım çünkü Mahmud ile konuşurken ben de bu etkiyi hissetmiştim.

"San, sana Sufizm'in kurucusu olan büyük Celaleddin Rumi hakkında bir şeyler anlatayım. Rumi 1207 yılında Afganistan'ın bir köyünde doğdu. Babası Bahaeddin Veled, ünlü bir vaizdi ve o günlerde Âlimlerin Sultanı olarak biliniyordu. Rumi'nin ailesi Moğolların Mekke'yi işgali sırasında kaçmış ve oradan Rum Sultanlığı'na gelmişlerdir.

'Konya, Selçuklular tarafından yönetilen Rum Sultanlığı'nın başkentiydi. Rumi parlak bir İslam ilahiyatı öğrencisiydi ve Konya'ya dönmeden önce Suriye'de Halep ve Şam'da eğitim gördüğü sanılıyordu. Rumi büyük bir şairdi ve yazıları İngiliz edebiyatında da yüksek bir yer buldu. Sufizmi bir aşk sanatı haline getirdi. Tasavvufun bir parçası olmak için sevginin tek kimlik olmasını istedi. Hoşgörü ve sevgi Mevlana'nın öğretilerinin temel motifleriydi. Mevlana 'rehber' ya da 'usta' anlamına gelir ki o herkes için öyleydi. Bu yüzden insanlar onu çok severek Mevlana diye çağırmaya başladılar.

Sevgi dolu yüreğini gösteren ünlü sözleri her yerde tekrarlanır.

'"Kim olursan ol, gel,

Olsanız bile

Bir kâfir, bir putperest ya da ateşe tapan, gel

Bizimki umutsuzluk kardeşliği değil,

Kırmış olsanız bile

Yüz kere tövbe yeminini et, gel."'

Mansur durdu. Büyük Mevlana'nın sözlerini tekrarlarken çocukluğunu düşündüğünü sandım.

Mansour'a baktım, devam etmesini bekliyordum ama Mansour parmağıyla biraz uzağı işaret ediyor, beni parmağını takip etmem için dürtüyordu.

İleriye baktım ve turkuaz kulenin tepesinin manzarası karşısında şaşkına döndüm. Algıladığım muhteşem bir manzaraydı. Kule, eski binaların arka planından yükseliyordu. Kulenin rengi enfesti. Kulenin etrafındaki binalar, anıt mezara antik bir görünüm vermek için olduğu gibi bırakılmıştı. Burası büyük şair Rumi'nin türbesiydi.

Mansur beni omzumdan tutarak kendine yaklaştırdı. 'San, bunu gördüğümde, bu âlimler üstadının bize verdiği aşk kültürünü hatırlıyorum. Büyükbabam sayesinde bu adam ve öğretileri hakkında çok şey öğrenmiştim. Ama nasıl olduysa Dubai hayalleri beni ele geçirince burayı terk etmekle aptallık ettim' dedi.'

Onu teselli ettim. 'Bu da bir deneyim Mansur. Yaptıklarından her zaman bir şeyler öğrenirsin, özellikle de seyahat ederken. Dubai'de geçirdiğin günler boyunca çok şey öğrenmiş olmalısın, özellikle de çöldeki o günlerde. Bunlar bir öğretmenden alınan derslerle kıyaslanamaz. Tüm bunların bir karışımını almalısınız. Bunlar size geleceğinizde çok yardımcı olacak ve seçmek istediğiniz hayatı şekillendirmenize olanak sağlayacaktır. Bu yüzden Dubai'de zaman geçirmiş olmanızın çok akıllıca olduğunu söyleyebilirim. Şimdi köyünüzde sahip olduğunuz şeylerin kıymetini daha önce olduğundan daha fazla bileceksiniz.'

İlerlemeye başladık. Türbeyi görmek ve bu Rumi hakkında daha fazla şey öğrenmek için sabırsızlanıyordum. Mevlana'nın herhangi bir portresini görmemiştim ve bu yüzden zihnimde bir şekil oluşturamıyordum. Mansur'a Rumi'yi ve neye benzediğini sordum.

Mansur, şairi ilk elden görebileceğim hedefimize ulaşana kadar sabırlı olmamı istedi. Müzede birkaç resim vardı. Ayrıca Rumi'nin görünüşü hakkında önceden konuşarak sürprizi bozmak istemediğinden bahsetti. Bu sürprizle neyi kastettiğini merak etmeye başladım. Neyse, mekâna ulaşmak için sadece birkaç dakika daha vardı ve o zaman kendi sonucuma varabilirdim.

Müzeye yaklaştıkça yol insanlarla dolup taşıyor gibiydi. Bu antik yerin kültürünü anlamak için oraya giden turistler ve ibadet için buraya akın eden yerel halk vardı. Mezar onlar için kutsal bir yerdi.

Ayakkabılarımızı çıkarıp girişin kenarına bıraktıktan sonra müzeye girdik.

Mansur bana gümüş kapının üzerindeki yazının anlamını açıkladı: 'Buraya eksik giren mükemmel çıkar'.

Mevlana'nın türbesinde saygı duruşunda bulunduk. Mevlana'nın türbesinin yanında, oğlu Sultan Veled'in kalıntılarının bulunduğu bir başka türbe daha vardı. Babasının mezarı ise odanın başka bir tarafındaydı. Üç kuşak büyük adam, günleri boyunca gösterdikleri çabaların yarattığı büyük saygıdan habersiz bir şekilde orada yatıyordu.

Mansur yaklaşık on dakika boyunca derin bir meditasyona daldı. Mansur'un yanında durarak etrafıma bakındım. Benim için meditasyon kolay değildir. Gözlerimi kapattığım anda zihnim geçmiş ve gelecekle ilgili pek çok şeyin etrafında dolaşmaya başlardı. Konsantrasyonun bir sanat olduğunu ve pratik yapılması gerektiğini biliyordum. Meditasyonu da öğrenmeye çalışmam gerektiğini zihnime not ettim. Bu kendi isteğimdi.

Sonra Mansur beni Kur'an-ı Kerim'den birçok yazının bulunduğu başka bir odaya götürdü. Bunların hepsi Mevlana'nın zamanından kalma el yazmalarıydı. Bunları kim yazdıysa, el yazısı gerçekten çok güzeldi.

O sırada Mansur odanın uzak köşesindeki bir portreyi işaret etti. Ona baktım ve dudaklarımdan kısık bir çığlık kaçtı. Mansur'un büyükbabası Mahmud'a baktığımı sandım. Çok fazla benzerlikleri vardı. Şimdi yerel halkın Mahmud'a neden bu kadar saygı duyduğunu anlayabiliyordum. Bu sadece sahip olduğu iyileştirici dokunuş değil, aynı zamanda doğrudan büyük Mevlana'nın kendisine bağlı olduğu gerçeğiydi.

Mansur yüz ifadelerimi izliyordu. Sonunda şöyle dedi: 'San, sana gerçek bir sürprizim var, değil mi? Bunu benim aracılığımla değil, doğrudan anlamanı istedim. Yerel halk dedemin Mevlana'nın reenkarnasyonu olduğunu düşünüyor' dedi.

Kekeliyordum, 'Gerçekten mi... bu bir sürprizdi Mansur. Bu sadece yüz benzerliği değil. Her ikisinin de paylaştığı bir aura var. Reenkarnasyonla ilgili pek çok makale okumuş olmama rağmen buna hiç inanmamıştım. Ancak son zamanlarda hayatlarımızda meydana gelen ve hayatlarımızı iç içe geçiren olaylarla birlikte her şeye inanabilirim. Dedeniz ve Mevlana'nın neredeyse aynı olduğunu söylemeliyim. İkisinde de çok büyüklük var ve gözleri bakanlara huzurlu bir hava veriyor.'

Müzeyi dolaştık ve her yerini gördük. Bu eski Sufilerin yaşam biçimlerine ışık tutan garip ve mistik bir şeyler içerebilir diye hiçbir bölümü kaçırmak istemedim.

Bazı yerlerde büyük Mevlana'nın öğretileri yazılıydı. Hat sanatının örnekleri müzede bolca bulunuyordu. Mansur yazıların çoğunu bana tercüme etti.

Beni en çok etkileyen Mevlana'nın şu sözü oldu: 'Ya olduğun gibi görün ya da göründüğün gibi ol.' Bu sözler çok şey ifade ediyor. İnsan sade ve kendine karşı dürüst olmalı.

Müzeden çıktığımızda acıktığımızı hissetmeye başlamıştık. Saate baktım ve öğleyi geçtiğini gördüm. Midemin Nargis'in mutfağını arzulamasına şaşmamalı.

Eve doğru yürümeye başladık. Mansur, Konya'yı daha fazla görebilmem için beni başka bir rotadan götürdü. Sürekli şehirden ve çocukluğundan bahsediyordu. Zihnim rehberimiz Mevlana'nın bugünkü haliyle tanışma düşüncesiyle meşguldü.

Mahmud Ve Mevlana

Öğle yemeğinin harika olduğunu söylememe gerek yok. Bu güzel Türk mutfağına aşık olduğumu düşündüm. Belki de Nargis'in sihirli dokunuşuydu bu yemekleri bu kadar lezzetli ve zevkli yapan.

Karnımız tıka basa doydu. Ana yemekler vejetaryen değildi ama benim damak tadıma uygun çok sayıda vejetaryen yemek vardı. Bu sefer mercimek çorbası olan mercimek ve patlıcanlı pilav olan patlıcanlı pilav yedim. Cacığı da çok sevdiğim için afiyetle yedim. Her yemeğe eşlik eden salatalardan bahsetmeye gerek yok.

Tatlı olarak da farklı tatlı çeşitleri ve dondurma vardı. Ben baklava ve kadayıf denedim.

Her şeyin üstüne, havayı dolduran aromasıyla kahve geldi.

Öğle yemeği sırasında sohbet çok azdı, çoğunlukla yemekle ilgiliydi.

Daha sonra verandada oturduk ve esintinin tadını çıkardık. Güneşli bir gündü ama esinti sıcağı uzak tutuyordu. Yavaşça gözlerimi kapattım ve uykuya dalmaya başladım.

Zihnim Mevlana ve Mahmud'un görüntüleriyle doluydu. Ne kadar da benziyorlardı. Bu benzerliğin nedenlerini anlamak için akşam onunla konuşmak için sabırsızlanıyordum. Mahmud evde değildi. Birileriyle buluşmak için dışarı çıkmıştı ve ancak akşam dönecekti.

Mansur'un bana, birçok insanın Mahmud'un şifalı dokunuşlarından yararlanmak için onu ziyaret ettiğini ve bazen de ona gelebilecek kadar sağlıklı olmayan yaşlı vatandaşlarla görüşmek için onu evlerine götürdüklerini söylediğini hatırladım. Bugün de o günlerden biriydi; Mahmud kasabadaki hasta bir ruha teselli vermek için dışarı çıkmıştı.

Bu kişi tam bir muammaydı. O kadar sevecen ve sevimli bir figürdü ki. Görünüşünün kendisi bile insana huzur veriyordu.

İnsanların onun Mevlana'nın reenkarnasyonu olduğunu düşünmelerine şaşmamalı. Mevlana'nın kendisi tarafından kendisine bahşedilmiş olabilecek güçlere sahipti. Yaşadığım olaylarla birlikte imkânsız gibi görünen her şey mümkün hale gelmişti.

    Zihnim Mevlana ve Mahmud'la doluyken derin bir uykuya daldım.

    Nergis beni dumanı tüten bir bardak çayla uyandırdığında saat akşamın beşiydi. O çay beni kendime getirdi. İyi uyumuştum. Mansur karşı koltukta oturuyordu ve bana gülümsedi. "Oldukça iyi bir uyku çektin.

    'Evet, Mansur. Aklım Mevlana ve Mahmud'da dolaşıp duruyordu. Mahmud'la oturup onun ilim kitabından kalan yaprakları görmek için sabırsızlanıyorum. Önümdeki ilk ve en önemli soru, ikimizin neden birbirimize bağlı olduğumuzdu. İkimizin hiçbir ortak noktası yok. Ama sanki uzun yıllardır arkadaşmışız gibi birbirimizle temasa geçtik. Nasıl oldu da düşünce frekanslarımız aynı oldu?

    'Bu sadece Mahmoud'un cevaplayabileceği bir soru, San. Büyükbabamın dün bize anlattıklarından, neredeyse her hafta o çöl boyunca seyahat etmenizin bununla bir ilgisi olduğunu hissettim. Kampımıza çok yakın seyahat ediyordunuz ve rüyanızda dönmenin etkilerini gördükten sonra zihniniz karmakarışıktı. Rüyalarınız, okuduğunuz şeylerin üçlü etkisinden kaynaklanıyor olabilirdi - Başlangıç, noetik bilim ve Hadron Çarpıştırıcısı. Sufizm'deki yaşamlarımızda gerçek bir olgu olan unutuluşa dönüş teorinizi yaratmaya başlamıştınız.

    Mansour'un bıraktığı yerden devam ettim. 'Bu olası bir açıklama olabilir. Bu benim kendi düşünce frekansımı senin düşünce frekansınla rezonansa girecek şekilde bükmüş olabilir. Aslında senin olmana gerek yoktu, ama seninkine benzer bir konsantrasyonla dönüşü gerçekleştiren herhangi biri benim düşünce frekansımla eşleşebilirdi, değil mi?

    Mansur daha da hareketlendi. 'Evet, işte bu, San. Benimkine benzer düşüncelere sahip olan senin gibi iyi bir insan olduğu için şanslıyım. Zekamızı sorgulayan ortak olaylara cevap bulmak için birlikte seyahat edebildiğimiz için şimdi çok mutluyum.

Biraz daha zorladım. 'Kendini sana itmeye çalışan negatif enerji, seni kurtarmaya gelen kişi olarak beni kolayca bulmuş olmalı. Gezgin bir ruh olmak onu biz normal insanlardan çok daha güçlü kılıyordu. Eğer sizinle konuşmaya başlarsam, Dubai'ye gelmekle ne kadar aptal olduğunuzu anlayacağınızı ve hepsinden uzaklaşacağınızı biliyordu. Bu yüzden beni dans pistinden aşağı itmek için güçlü bir hamle yaptı.

Mansur'un da kendine göre bir gerekçesi vardı. 'Eğer Hindistan'a geri dönmüş olsaydın, bir daha asla karşılaşmayacaktık. Ama Umman'da olman ve aynı şekilde sık sık Dubai'ye geliyor olman benim için bir şanstı. San, gizemin senin tarafına bir cevap bulma konusundaki azmin için teşekkürler, bu da hatalarımı fark etmemi sağladı. Sadece bir kez karşılaşmış olmamıza rağmen beni hastaneye kadar takip etmeyi ihmal etmedin. Bu da o olumsuz ruhu yenmemize yardımcı oldu.

Henüz o kadar rahat değildim. 'Henüz onu yendiğimizi söyleyemeyiz Mansur. Belki o yolda tekrar seyahat ettiğimde bana geri dönebilir. Merkez ofisime haftalık rutin ziyaretlerim devam edecek. Artık seni bulamadığı için benim aracılığımla sana ulaşmaya çalışacak. Bu durdurmamız gereken bir şey. Nasıl sorusuna ancak nedenini bilirsek cevap verebiliriz. Tek yol büyük Mevlana'nın geri gelmesini beklemektir.

Mansur benim bakış açıma katıldı. Mahmud şimdi gelse bile, sorularımızı yanıtlamaya başlamadan önce dinlenmek için biraz zamana ihtiyacı olacaktı. Mevlana ile Mahmud arasında güçlü bir ilişki olduğunu bildiğim için Mahmud'u görmek için çok hevesliydim.

Yürüyüşe çıkmaya karar verdik. Sokaklar kalabalıktı, çünkü insanlar akşamlarını geçirmek için aylak aylak dolaşmaya başlamışlardı. Sokakların antik görüntüsü ve insanların birbirlerine olan yakınlığı beni çok etkiledi. Küçük köy samimiyeti her yerde kendini belli ediyordu. Sabah olduğu gibi Mansur, karşılaştığı kişilerin yanındaki yabancı hakkındaki merakını gidermek zorunda kaldı.

Mansur, bir gecede köylerinde ünlü biri haline geldiğimi söyleyerek beni azarladı. Her yeni insan, herkesin merakını uyandıracaktır. Bu evrensel bir kuraldır.

Sokaklarda yaklaşık bir saat geçirdikten sonra eve döndük. O sırada Mahmut da eve varmış ve odasında dinleniyordu.

Ben de banyo yaptım ve her zamanki gibi dinçleştim. Paranormal aktivitelerle ilgili bir sonraki sohbet turuna hazırdım ve Mevlana Mahmud'la tekrar buluşmayı dört gözle bekliyordum.

Oturma odasında oturuyorduk. Yerdeki minder ve minderlerin üzerinde dinlenirken kendimi çok rahat hissediyordum. Çok geçmeden Mahmud harika, sıcak bir gülümsemeyle bize katıldı. Yüzü aynı anda hem sevgi hem de güven doluydu.

Mahmoud karşımızda otururken bana baktı. "Peki gençler, sokaklarda dolaşarak neler öğrendiniz?"

Sorumu hazırlamıştım. 'Efendim, siz nasıl oluyor da Mevlana'ya bu kadar benziyorsunuz? Sadece yaptıklarınız değil, yüzünüz ve fiziğiniz de Mevlana'ya çok benziyor. İnsanlar size sanki Mevlana'nın reenkarnasyonuymuşsunuz gibi bakıyorlar'.

Mahmud cevap verdi: 'Demek türbeye gittiniz. Bu sadece bir benzerlik. Bundan fazlası değil oğlum! Ancak doğumum sırasında Mevlana'nın ruhundan gelen pozitif enerjinin beni etkilemiş olma ihtimali var. Burası Mevlana'nın nihayet bu dünyadan ayrıldığı yer. Yani kesinlikle, teorime göre, onun ruhu bu bölgede dolaşıyor olmalıydı.

'Normalde pozitif enerji, doğanın benzer bir yaratımına sahip olacağını hissettiği yeni bir yaşamın zihnine ve bedenine uyum sağlamaya çalışır. Negatif enerji her zaman kendini nerede uygun hissederse oraya girmeye çalışır. Ancak pozitif enerjiler böyle değildir.

'Kendinizi derin bir kuyunun içinde hayal edin. Daha derine indikçe oksijen içeriği azalacak ve diğer ölümcül gazlar daha fazla olacaktır. Bu gazlar organik sisteminizi o kadar çok etkileyecektir ki, siz oksijenle doluyken bile, boğulup ölene kadar sisteminize girmeye devam edecektir. Negatif enerjiler de bu gazlara benzer.

'Ama kendinizi bir oksijen salonunun içinde hayal edin. İhtiyacınız olan oksijeni yeterince aldığınızda, zihniniz sizi salondan dışarı çıkarır. Sizi daha fazla oksijenle boğmaya çalışmaz. Zihniniz güçlenir ve çok berrak bir düşünceye sahip olursunuz. Pozitif enerjiler oksijen gibidir. Zihninizi gerektiği ölçüde doldurur ve sizi iyi bir ruh haline sokar.

'Gebe kaldığınız süre boyunca size giren pozitif enerji karakterinizi ve bazı durumlarda fiziğinizi ve görünüşünüzü belirleyecektir. Belki de Mevlana'nın ruhu benim doğumumu etkilemişti ve daha sonra kendimi bir dereceye kadar Mevlana'nın kendisini taşıdığı şekilde şekillendirebildim. Belki de düşünce frekanslarımda Mevlana'ya bu kadar yakın olacak kadar şanslıydım.'

Mahmud kahvesini yudumlamak için durduğunda araya girdim, 'Ama efendim, etraftaki insanların çoğu sanki siz Mevlana'nın reenkarnasyonuymuşsunuz gibi konuşuyor. Hepsinin aynı duyguya kapılması için kesinlikle ilahi bir şeyler olmuş olması gerekir. Ben de aynı hissi yaşıyorum.'

Mahmoud bana geniş gülümsemesini verdi. 'Her neyse, önümüzde duran asıl konu ben değilim. Senin ve Mansur'un peşini bırakmayan sorunları analiz etmeliyiz. Mansur'un peşindeki olumsuz ruhtan kaçtığınızı düşünmeyin. Sohar ve Dubai arasında sürekli aynı yolda seyahat edeceğinizi ve çöl bölgesinden geçmek zorunda olduğunuzu anlıyorum. Bu durum gaspçıya sizi etkilemesi ve böylece Mansur'u o bölgeye geri getirmeye çalışması için sayısız fırsat verecektir.

'Daha önce de açıkladığım gibi, negatif enerji başka bir ruha girme görevinden asla vazgeçmez. Dolayısıyla bu sizin için bir tehlike haline gelir. Benzer şeylerin tekrarlanması riskini tamamen ortadan kaldırmalıyız. Sizin durumunuzda, zihniniz gebe kaldığınız ve doğduğunuz yerin pozitif enerjileri tarafından geliştirilir. Peki nerede doğdunuz?'

Duyduklarım karşısında biraz şaşırmıştım. "Seria, Borneo'da doğdum. Seria şu anda zengin Brunei Sultanlığı'na bağlı. Ailem Sarawak eyaletinde, Lutong adında bir yerdeydi, bir sonraki büyük şehir Miri'ydi. Sanırım en yakın hastane Lutong'dan yaklaşık elli altı kilometre uzaklıktaki Seria'daydı. Tüm bu yerler Endonezya'ya bağlı bir ada olan ve Doğu Hint Adaları olarak bilinen Borneo'nun bir parçasıydı. Ancak altmışlı yılların başında Kuzey Borneo Malezya tarafından ilhak edildi ve şu anda Sarawak ve Sabah eyaletleri olarak biliniyor ve Brunei bağımsız bir ülke oldu. İç savaşın başladığı 1962 yılında oradan ayrıldık ve çocukluğumun geri kalanı Hindistan'ın en güney eyaleti olan Kerala'daki memleketimde geçti."

"Sebebi bu," diye başladı Mahmud doğumumu anlatmayı bıraktığımda. "Gebe kaldığın yerden uzaklaştıkça, yıllar geçtikçe seni saran pozitif enerjinin etkisi azaldı. Ancak yaşam tarzınıza ve zihninizi kullanma şeklinize bağlı olarak, pozitif enerjinin etkileri sizde kalır ve normal durumlarda herhangi bir olumsuz etki yaşamazsınız.

'Ama sizin durumunuzda, doğduğunuz yerden bu kadar uzun bir süre uzak kalmak ruhunuzun bileşimini etkiledi. Olumlu tutumunuz ve olumlu çalışma şeklinizle, düşünce frekansınız o sırada çöldeki negatif enerjilerden etkilenen Mansour'unkiyle eşleşmeye başlayana kadar hiçbir sorun yaşamadınız. Hiçliğe doğru dönme ya da sizin deyiminizle unutuşa doğru dönme olgusuyla telkin edilmeniz zihninizi mistik Sufizm'in kaprislerine açtı. Bu da düşünce frekansınızı sizinkine en yakın ruhla, Mansur'unkiyle eşleştirdi.

"Zihninizdeki pozitiflik zayıflıyordu, bu da negatif enerjinin kendisini size itmeye çalışması için bolca fırsat veriyordu. Neyse ki ikiniz de bu görünmeyen iblisin pençesinden şimdilik kurtuldunuz. Ama şimdi bu iblisin geri dönme ihtimalini nasıl ortadan kaldıracağımızı düşünmeliyiz ki ikinizin de hayatı sorunsuz akabilsin."

Bu büyük yaşlı adamdan duyduklarım karşısında dehşete düşmek üzereydim. Okuma hevesimin etkileri beni bu yere ve seviyeye getirmişti. Şimdi Mahmud'dan bu muammanın kilidini açacak anahtarı almalıydım. Kesinlikle, bu Mevlana benim bu işten yara almadan çıkmama yardım edebilmeliydi. Bu iblisin gelecekte hayatıma işkence etmesinden kurtulmam için bana yol gösterecek güçlere ve bilgiye sadece o sahipti.

Düşüncelerim Kav'a kaydı. Eğer bu durumdan kurtulamazsam o da etkilenebilirdi. Benim zihnim Mansur'unkiyle iç içe geçtiği için onun zihni de benim zihnimle birlikte hareket ediyordu. Yani ben bundan çıkmazsam, o da çöl şeytanının kötülüğüne maruz kalabilir.

Namaz vaktimiz geldi. Bize müsaade et San. Birazdan size katılacağız.' Bu anonsla birlikte hem Mahmut hem de Mansur oturma odasından çıktılar.

Zihnim Mahmud'un bize anlattığı şeyler üzerinde dolaşıp duruyordu. Belki de doğduğum yere geri dönmem gerekiyordu. Bu bir çözüm olabilir miydi? Şarj istasyonuna gitmek gibi bir şey olurdu. Ruhumun yeniden enerji kazanması için tanıdık bir çevrede bulunarak pozitif enerjilerimi yeniden şarj edebilir ve zihnimi güçlendirebilirdim. Bunun şu anda karşı karşıya olduğumuz soruna bir cevap getirip getiremeyeceğini Mahmoud'a sorardım.

Sarawak'in Eski Petrol Kuyusu

Y eni bir gün doğmuştu ve ben MacBook Pro'mla yatak odasında oturuyordum.

Mansur büyükbabasıyla birlikte şehirdeki bazı özel işleri için dışarı çıkmıştı. Ancak öğle yemeği vakti döneceklerdi. Bu yüzden sabah vaktini geçirmek için kendi başıma kalmıştım.

Yapmam gereken çok şey vardı. Dün Mahmud'la yaptığımız tartışmalar aklımda bir dizi soru işareti bırakmıştı. İlk çocukluk günlerimi geçirdiğim Sarawak'la ilgili ayrıntıları öğrenmek için Google'da arama yapmam gerekti.

Dün akşam Mahmoud'a birkaç soru yönelttim. Bu sorulara cevap bulmam gerekiyordu: Neden Mansur'un ve benim düşünce frekanslarımız eşleşti ve bir araya gelmek zorunda kaldık? Bu negatif ruh neden bu kadar güçlü bir şekilde Mansour'un arkasındaydı? Mansour Konya'da kalacağına göre benim Umman ve Dubai'de olmam güvenli miydi?

Mahmud bizimle yaptığı sohbetlerde bu sorulara cevap vermişti. Bu konulardaki merakımızı bir nebze giderebilmişti. Ancak o zamana kadar cevap bulamadığım başka sorularım da vardı.

Kızım Hindistan'da çok uzaklarda olmasına rağmen nasıl oldu da bu hale geldi? Artık ondan korkmak zorunda kalmamak için bu olumsuz ruhtan nasıl daha güçlü olabilirim? Doğduğum yere yapacağım bir yolculuk ruhumun pozitif enerjisini canlandırabilir mi?

Kızımın bu olayla bağlantısı konusunda Mahmoud, kızımın benimle olan zihinsel benzerliğinin onun bu olayın içine çekilmesinin temel nedeni olduğu konusunda açıktı. İlgili makaleyi okuması ve benim yaptığım gibi sürekli aynı şekilde düşünmesi düşünce frekanslarımızın rezonansını tetikledi. Hindistan'da uzakta olduğu için Dubai çölü artık onu etkileyemezdi. Ancak onun tamamen güvende olabilmesi için benim bu işin tamamen dışında kalmam önemliydi.

İki sorunun dengesi için Mahmoud Sarawak ve tarihi hakkında daha fazla bilgi edinmek istedi. Doğup büyüdüğüm Sarawak'ın tarihinin, çölden gelen bu olumsuzluğun üstesinden gelmenin yollarına daha fazla ışık tutabileceğini söyledi.

Bir çare önermeden önce kaynağını ve nedenini bilmek önemliydi.

İşte Sarawak hakkında daha fazla bilgi edinmek için internette araştırma yapıyordum. Hayatımın ilk altı yılını burada geçirmiş olmama ve ailemin sık sık buradan bahsetmesine rağmen, Sarawak'ın tarihi ve coğrafyası hakkında bilgi edinme zahmetine hiç girmemiştim. Şimdi bu benim için çok büyük bir önem kazanmıştı.

Sarawak, Borneo'nun kuzeyinde yer alıyor ve Eylül 1963'te Malezya'yı oluşturmak üzere Malaya Federasyonu'na katılana kadar bağımsız bir devletti. Shell Petrol Şirketi tarafından 1910 yılında kazılan eski bir petrol kuyusuna sahiptir.

On yedinci yüzyıl boyunca Sarawak, Brunei Sultanlığı kontrolü ele geçirmeden önce Sultan Tengah'ın yönetimindeydi. On dokuzuncu yüzyıl boyunca pek çok sorun yaşandı ve bu süre zarfında James Brooke Sarawak'a geldi. Brunei sultanına Sarawak'ta düzeni ve barışı yeniden tesis etmesi için yardım etti ve ödül olarak Brooke Sarawak valisi yapıldı ve fiilen bu bölgenin rajahı oldu.

James Brooke, Sarawak'ın beyaz raca hanedanını kurdu ve 1841'den eyaletin İngiliz koruması altına alındığı 1888'e kadar kontrolü elinde tuttu.

Krallığını genişletti ve 1868'de ölünceye kadar devleti kalkındırma konusunda çok başarılı oldu. Ardından yeğeni Anthony Brooke yönetimi devraldı ve 1917'de yerine oğlu Charles geçti.

Brooke hanedanlığı döneminde Sarawak, Müslüman savaş ağaları ve yerel kabileler pahasına genişletildi. Yerli nüfusu yabancıların sömürüsüne karşı korumak amacıyla yüz yıldan fazla bir süre boyunca devleti paternalizm politikasıyla yönettiler. İbanlar ve Dayaklardan oluşan yerel kabileler, Brooke rajahlarına bu eyalette kurdukları adil yönetimlerinde yardımcı oldular.

İkinci Dünya Savaşı sırasında Japonlar bu bölgeyi işgal etti ve 1946'da İngilizler burayı Japonlardan ilhak etti.

Sarawak bölgesinin geçmişte çok fazla kargaşaya maruz kaldığı ve yağma ve başkalarını öldürme niyetinde olan birçok insanın bu arazilerde serbestçe dolaştığı açıktı. Mahmud onları kötü ruhlar ya da negatif enerji sağlayıcılar olarak sınıflandırır. Ancak, James Brooke ve halefleri gibi ana karakterler, ülkeyi adil bir şekilde yönetmek ve insanların barış ve uyum içinde yaşamasını sağlamak için çok asil niyetlere sahipti. Dolayısıyla bu topraklarda pozitif enerji de aynı derecede yüksektir.

Yirminci yüzyılda Sarawak eyaletinde petrol bulundu ve Hollandalılar Shell Grubu altında Sarawak Petrol Şirketini kurdular. Bu, ülkenin zenginliğine zenginlik kattı ve Brunei, Malezya ve Endonezya bu zengin eyaleti ilhak etmek için gözlerini dikti. 1962 yılında büyük tartışmalar ve sorunlar yaşanmaya başladı ve nihayet 1963 yılında Sarawak Malezya'ya bağlandı.

İlginçtir ki Shell 1910 yılında Miri'de ilk petrol kuyusunu açmış ve ilk rafineri 1914 yılında Miri'de faaliyete geçmişti. Babam ellili yıllar boyunca, 1962'de Hindistan'a döndüğümüz zamana kadar bu şirkette çalışıyordu.

İkamet ettiğimiz Lutong'a dair anılarım çok soluktu. Ancak evimizin önündeki ahşap evleri ve yerel Dayakların yaşadığı ormanı hatırlıyordum.

İnternette Sarawak hakkında yaptığım çalışmalara kendimi tamamen kaptırmıştım. Zaman çok hızlı geçti. Mansour'dan gelen tanıdık çağrıyı duyduğumda konsantrasyonumu bozdum. Demek ki işlerinden dönmüşlerdi. Öğle yemeği vakti gelmişti ve birden açlık hissettim. Nargis'in nefis lezzetleriyle dolu güzel bir seans daha geçirmiştim.

Her zamanki gibi kahveden sonra birlikte oturduk ve tartışmaya başladık.

Mahmoud bana doğum yerimi sordu, ben de sabah internetten topladığım bilgileri anlattım. Sarawak'ın geçmişte bir petrol kuyusu olduğunu bilmek onu eğlendirdi. Sarawak'ın tarihine ilişkin verilerin olumlu ve olumsuz yönlerini tartıyordu.

Mahmud konuşmaya başladı, 'San, oğlum, Sarawak'a seyahat ederken dikkatli olmalısın. En iyi yol, orada iyi bir arkadaş edinmek olmalı. Eğer yerel kabileden iseler, bu harika olur. Ailenizin bu bölgedeki ilk günlerine dayanarak sizi gençleşebileceğiniz doğru yerlere yönlendirebilirler.

'Açıklamalarınızdan, Miri'den Lutong'a ve oradan da Seria'ya uzanan kuşakta yoğunlaşmanız gerektiğini tahmin ediyorum. Doğduğunuz hastane de dahil olmak üzere bu yerleri ziyaret etmelisiniz. Ana rahmine düştüğünüz ve embriyonun büyümesi sırasında ebeveynlerinizin tam olarak nerede olduğunu tespit etmek mümkün değildir, bu süre zarfında o bölgedeki en önde gelen ruh sizin üzerinizde bir embriyo olarak etki yaratmış olacaktır.

'Ruhun pozitif enerjisi hala içinizde olduğundan, büyük olasılıkla, o bölgelerde bulunduğunuzda, kaynağı tanıyabilecek ve otomatik olarak etkileşime girebilecektir. Bu yüzden seyahat etmeniz ve ruhun içinizdeki kısmı ile ruhun dışınızdaki kısmının birbirini tanıması ve bir araya gelmesi için yeterli zaman geçirmeniz önemlidir.

'Bu süre zarfında herhangi bir negatif ruhun size girmeye çalışması pek olası değildir çünkü içinizdeki pozitif enerji şu anda biraz zayıftır.

Kuşkularım giderilmeye hazırdı. 'Ama efendim, Mansur'un durumunda bu gerçekleşti. Tüm bu olaylar negatif enerjinin sevgili Mansur'un üstesinden gelmeye çalışmasının sonucudur. Aynı şey benim de başıma gelebilir mi?'

Mahmud belki de beni üzmemek için kelimelerini sabırla seçiyor gibiydi. 'Seninle Mansur arasında büyük bir fark var. Mansour'un durumunda, negatif enerjinin kaynağına doğru gidiyordu ve bu da onu pozitif enerjisinin alanından uzaklaştırıyordu. Dolayısıyla burada pozitiflik zayıflarken, negatiflik en yüksek noktadaydı.

'Ama pozitif enerjinizin kaynağına doğru hareket ediyorsunuz, ki bu da kaynağa yakın olmanız koşuluyla tüm normal durumlarda sizi çok hızlı bir şekilde tanıyacaktır. Mesafe konusunda herhangi bir sınır tanımlayamam çünkü bu tamamen kaynağın mevcut durumuna bağlı olacaktır.

'Yalnızca sizin dünyaya gelişiniz sırasında iki güçlü ruh arasında bir itiş kakış yaşanmış olduğu durumlarda sorun şimdi ortaya çıkabilir. Bizden bu kadar uzakta bir yerde yıllar önce neler olmuş olabileceği konusunda yorum yapamam. Gerçeklerle olduğu gibi yüzleşelim. Ancak kişi yedek eylemde bulunmaya hazır olmalıdır ve bu da bilgi ve biraz da basiret gerektirir.'

Mahmoud'un bu açıklamasıyla biraz sarsıldım. Neredeyse bilinmeyene doğru gidiyordum. Bu yolculuğu planlamak için astrolog olmam gerekiyordu.

'En azından beklenmedik sorunlarla karşılaşmamam için almam gereken önlemler konusunda bana tavsiyelerde bulunabilirsin. Bu konuda tamamen sana bağımlı olduğumu biliyorsun.'

Mahmud beni yatıştırmak istercesine elini kaldırdı. 'Merak etme oğlum. Bu yolculuğa çıkmadan önce bu sorunla nasıl başa çıkacağın konusunda tam olarak bilgilendirileceksin. Ancak Sarawak'la ilgili gerçekleri düşünmek ve özümsemek için biraz zamana ihtiyacım olacak. Yarından sonraki gün Umman'a dönmeyi planlayabilirsiniz. Yarın Sarawak'a yapacağınız seyahat hakkında ayrıntılı olarak görüşeceğiz.

'Bu arada benim önerim Konya'daki semazen ayinlerinden birine katılmanız. Sistemi ve dönerken meditasyona nasıl konsantre olduklarını tam olarak anlamanı istiyorum. Bizim unutuşa dönme yöntemimizi bilmelisiniz ki kendi teoriniz üzerinde durabilesiniz.

"Dönmeyi tam olarak uygulayamayacak olsanız bile, en azından Sufilerin bunu nasıl yapabildiklerini bileceksiniz. Belki biraz deneyebilirsiniz. Bunu Dubai çölünde yapmak istemiştin.

'Mansur beni ayinlerden birine götürebilirse çok minnettar olurum. Sizden ve Mansur'dan bu konuda bu kadar çok şey öğrendikten sonra bunlardan birine tanık olmayı çok istedim. Büyük Mevlana'nın nasıl olup da böylesine yeni ve asil bir yöntem bulduğunu ve insanın ruhunu unutuşa doğru döndürerek temizlediğini gerçekten anlamak istiyorum.'

Şimdi Mansur sessizliğini bozdu. 'San, ben seni götürmeye hazırım. Bugün akşam kutsal yerimize gidelim. Bu ritüel hakkında bildiklerimi sana açıklayacağım ve sen de daha fazlasını anlamak için oradaki insanlarla konuşabilirsin. İngilizce bilen çok fazla kişi olmayabilir ama ben size her zaman tercüme edebilirim.'

Mahmoud'u öğleden sonra siestasına bırakmak için kalktık. Akşam yola çıkmadan önce biz de biraz dinlendik.

Celaleddin Rumi hakkında ne kadar çok şey bilirsem, Mahmud'a o kadar çok yaklaşıyordum ya da tam tersi. Mahmud'u gördükçe ve öğretilerini dinledikçe, onun gerçekten Mevlana'nın reenkarnasyonu olduğuna daha fazla ikna oldum.

Akşam semazenlerin mekanını ziyaret ettiğimde Mevlana ve Mahmud hakkında daha fazla aydınlanacağımdan emindim.

Huzurlu bir öğrenme gecesi bekliyordum ama düşündüğüm kadar huzurlu olmayacaktı. Aslında o gece yaşanacak olaylara hazırlıklı değildim.

Semazen Ayinleri

Mansour ve ben neredeyse bir saattir yürüyorduk. Bu güzel bölge ve sakinleri hakkında daha fazla bilgi edinmek için şehri dolaşmakta ısrar eden bendim. Şehri gördükçe ona daha çok aşık oluyordum. Eski ve yeniyi bir arada barındırıyordu. Bence bu, Türkiye'nin bu harika ülkesindeki çoğu yer için geçerli. Şehirlerini modernleştirirken bile eski binalarını ve kültürlerini korumuşlardı.

İnsanlar bilgiliydi ve modern kıyafetler giyiyorlardı. Ama yine de kültürlerine bağlı kalmışlar ve eski gelenekleri asla akıllarından çıkarmamışlardı. İki yıl önce resmi bir iş için gittiğim İstanbul'da da aynı yeni ve eski karışımını gördüğümü hatırladım. Bir Türk şirketi için çalışıyor olmam beni bu ülkeye daha da bağladı. İnsanlar Türkiye'nin güzel olduğunu söylediğinde, sanki kendi ülkemmiş gibi çok mutlu olurdum. Hindistan da eski ve yeninin geleneksel bir karışımına sahip, özellikle de Delhi'de seyahat ediyorsanız.

Şimdi Mevlana'nın tanıdık türbesinin önündeydik. Aklım bu binanın içinde gördüğüm Celaleddin Rumi'nin resmine gitti. Mahmud'un sakalları da neredeyse aşağıya doğru uzamıştı. Sakal sıktı ve karı andırıyordu. Normalde Noel Baba da benzer bir sakalla tasvir edilirdi. Sivri burun ve yüksek elmacık kemikleri ikisi arasındaki benzerliği doğal olarak olabileceğinden daha fazla hale getiriyordu.

Mahmud'un giyim tarzı da benzer bir tarzdaydı. Mevlana ve Mahmud'un yaşam tarzları arasında yüzyıllarca fark olmasına rağmen, her ikisinin de davranış ve yaşam biçimleri hayranlık uyandıracak şekilde aynıydı. Üstüne üstlük Mahmud, Mevlana'nın giydiğine çok benzeyen büyük bir başlık takıyordu.

Belki de Mahmud kendisinin Mevlana'nın reenkarnasyonu olduğunu biliyordu ve bu onu Mevlana'nın davranışlarını benimsemeye zorladı. Ama o delici gözlerden yayılan bilgi ve teselli uydurma bir şey olamazdı. Bu özellikler doğuştan geliyordu ve ondan sızan güven dinleyicileri de kucaklıyordu. Mansur'un ifadesiyle, endişelerinden kurtulmadan dedesinin yanından ayrılan birini henüz görmemişti. Mahmud'un en sıkıntılı ruhları bile teselli etme becerisi vardı.

Türbeye vardığımızda, bu iki büyük ruhun bir ve aynı olduğu gerçeğine karar vermiştim.

Hepimiz şanslıydık ki büyük Mevlana'nın pozitifliği Mahmud'un bedeninde hala yaşıyordu. Mevlana, sıradan insanların iyiliği için Sufizmi yarattı ve bu eski büyük şehir Konya'da yapması gereken işi yapmaya devam ediyor. Hoşgörü, bağışlama ve aydınlanma - bunlar Mevlevi tarikatının ilkeleridir ve öyle olmaya devam etmektedir, bu da onun büyüklüğünü göstermektedir.

Mansur beni hayallerimden uyandırdı. Semazenlerin tapınağına ulaşmıştık. Bana Mevlevilerin ritüelini anlatıyordu. Sufilerin seması da sema olarak bilindiği için bu dansı icra edenlere semazen deniyor.

Derviş 'kapı' anlamına gelir ve bu ritüel insanların zihinlerini göklerin kapılarına veya Yüce Olan'ın evine açmak içindir. Bu ritüel sırasında, sema yapan her kişi kendini Tanrı'nın güçlerine teslim eder ve onları dikkatle izleyenler de kendilerini göklerin kapılarına doğru hareket ettirirler. İşte bu ritüel ile zihinler huzurlu hale gelir. Bir şeye ya da birine gerçekten inanıyorsanız, bunun size huzur getireceği doğrudur. Bu, zihninizi belirli bir şeye yoğunlaştırmanıza yardımcı olur ve zihni dalgalanan düşüncelerden uzak tutar. Müziğin kendisi insanın moralini yükselten bir şeydir. Gerçekten büyüleyici ve sizi etkisi altına alıyor.

Ayinin yapıldığı salona girdiğimizde semazenler gösterilerine başlamıştı.

Mansur bana şöyle açıklıyordu: 'Törenin ilk bölümü ruhani bir yolculuğu temsil eder. Arayıcılar aşk yoluyla Tanrı'ya ve hakikate yönelir, böylece Tanrı ile birleşmek için kendilerini dönüştürürler. Semazenin giydiği deve tüyü şapka egonun mezarını, geniş beyaz etek ise egonun kefenini simgeler.'

Mansur'un sözünü kestim, 'Ego tüm kötülüklerin anasıdır. Eğer kişi egosundan kurtulabilirse, huzurlu olacak ve diğer varlıklara karşı sevgisi kat kat artacaktır. Her birimizin büyük egolarımızdan kurtulmak için kendi içimizde düşünmemiz önemlidir. Ben tamamen sizin semazenlerinizle birlikteyim.'

Mansur sözlerine şöyle devam etti: 'Semâ derslerimizde bize öğretilen tam olarak buydu. Ben egomdan kurtulmak için elimden geleni yaptım. Bir dereceye kadar başarılı olduğumu hissediyorum. Ama sonra bu Dubai rüyaları beni çok rahatsız etti ve dedemi dinlemeden servetimi aramaya başladım.

Ritüele dönecek olursak, semazenler dansın başında kollarını kavuştururlar. Arkada duran kişi Mevlana Rumi'yi temsil eder. Semazenler önce Mevlana'nın önünden dönerek onun duasını alırlar. Dönerken ellerini açarlar, sağ el yukarı doğru eğimli ve avuç içi gökyüzüne doğru açık, sol el ise aşağı doğru ve avuç içi yeryüzüne doğru açık olacak şekilde uzatılır. Bu, onların yukarıdaki göklerden Yüce Allah'ın kutsamalarını aldıklarını ve aynı kutsamaları yeryüzündeki insanlara dağıttıklarını gösterir.

Önümde gelişen tüm sahneyi özümsememe izin vermek için konuşmayı kesti. Mahmud bana bu açıklamayı zaten yaptığı için, altta yatan prensibi kavrayabiliyor ve orada icra edilen ritüeli görebiliyordum. Semazenler dönmeye devam ettikçe hızlandılar ve sonra sabit bir tempoda dönmeye devam ettiler. Etraflarında olup bitenlerden habersizdiler. Tamamen Tanrı'ya ulaşma ve yeryüzündeki yoksullar ve ezilenler uğruna onun kutsamalarını alma görevlerine konsantre olmuşlardı.

Salondaki semazenlerin etrafında toplanan ve onların dönüp duran hareketlerini dikkatle izleyen tüm insanlarda gergin bir atmosfer olduğunu hissedebiliyordum. Onlar da semazenler gibi neredeyse transa geçmiş gibiydiler. Bir şeye inandığınızda, kendinizi gerçekten ona kaptırıyorsunuz.

Unutuluşa doğru dönme teorimi merak ettim. Oldukça iyi bir hızla dönen bu adamların hiçlik noktasına ulaşmaları mümkün müydü? Antimaddenin kütlesiz pozitif ve negatif enerjiler olarak kaldığı unutuluşun diğer tarafına ulaşabilirler miydi?

Ancak Mahmud'la yaptığımız kısa tartışmaya göre, bu semazenlerin yokluğun bir parçası haline gelecek kadar uzağa ulaşmaları mümkün görünmüyordu. Birleşme, Mansour örneğinde olduğu gibi, belirli bir ruhun buluşmak istediği birine ulaşmak için ters yönde dönmesi halinde gerçekleşecektir. Aksi takdirde, bu salon ruh arayanların kaotik bir arenası olurdu.

Birden kaburgalarımda bir dürtme hissettim. Mansur'la yüzleşmek için döndüm. Fısıldıyordu: 'San, hanımların durduğu uzak köşeye doğru bak. Bir süredir seni izleyen bir kız var.

Onu şaşkınlıkla duydum. Burada kimseyi tanımıyordum ve nasıl olur da bir kız beni izliyor olabilirdi? Mansur'un bahsettiği yöne baktım ve gerçekten de bir kızın bize doğru baktığını gördüm. Diğer herkes dansı izliyordu ama işte bu kız dikkatle bizim olduğumuz yöne bakıyordu.

Mansur beni kandırmaya çalışıyordu. 'San, sanırım sana aşık oldu - ilk görüşte aşk gibi bir şey. Yoksa neden etrafta başkaları varken sana baksın ki? Etrafındakilerin farkında değil gibi görünüyordu.

'Mansur, bu yaşta, ellili yaşların ortasında, hiçbir kızın bana aşık olabileceğini sanmıyorum. Seni fark etmiş olmalı ve hedefinde sen varsın. En iyisi biraz centilmen ol ve onun bakışlarına boyun eğ.

Hayır, San. Baktığı ben değilim. Gözleri sana odaklanmış durumda. Bazen bu Türk kızları gerçekten çıldırabiliyor. O yüzden sema biter bitmez en kötüsüne hazırlıklı ol.

Ona tekrar baktım. Yakışıklı bir kızdı. Herkes ona iki kere bakardı. Mansur için doğru eş olabilirdi.

Ama sonra aklımın bir köşesinde onu daha önce bir yerde gördüğüme dair bir his belirdi. Ama o bir Türk kızıydı ve benim daha önce bir Türk kızı görmüş olma ihtimalim yoktu. Yine de içimde bir şüphe vardı.

Mansur beni düşüncelerimden uyandırdı. 'San, bu kızı daha önce gördüğüme dair bir his var içimde. Ama ne zaman ve nerede gördüğümü hatırlayamıyorum.

Bu fırsatı değerlendirdim. 'Gördün mü Mansur? Sana baktığını söylemiştim. Konya'dayken bir ara onunla çıkmış ve sonra da unutmuş olabilirsin. Tipik bir Kazanova!'

'Hayır, hayır, San. Ben Konya'dayken hep 'evden okula, okuldan eve' giden dindar bir çocuktum. Bu kadim şehirde flört etme şansım yok. Onu başka bir yerde görmüş olmalıyım.

O sırada sema bitme aşamasına gelmişti. Ben de zihnimi semazenlerin şimdiki sahnesine geri getirdim. Semâlarının bittiğini belirtmek için selam veriyorlardı. Şimdi sessiz salon, alçak sesle konuşan insanlarla uğuldamaya başlamıştı.

Çıkış kapısına doğru yürüyorduk ki arkamızdan gelen bir gürültü bizi geriye döndürdü. O kızın diğer uçtan kalabalığın arasından bize doğru koştuğunu gördük. Onun deli gibi koştuğunu gören insanlar kaçması için yol açtılar. Ama o hareket edecek yeri olup olmadığını umursamadı. İlerlemeye devam etti. Neredeyse önüme geldiğinde, ona geçecek kadar yer açmak için biraz yana kaydım. Ancak sağ elini yarıya kadar kaldırmıştı ve beni geçerken elini sağ göğsüme vurdu. Çarpmanın etkisiyle geriye doğru düştüm ve ardından kaos başladı.

Hemen arkamda duran Mansour'un üzerine düşerek arkamda bir çığ oluşmasını tetikledim ve Mansour da arkasındaki diğerlerinin üzerine düştü. Bir sürü bağırış çağırış, acı çığlıkları ve devrilen sandalyelerin gümbürtüsü vardı.

Ayağa kalkmayı başardım ve sonra Mansur'u yukarı çektim. Kavgaya daha fazla karışmak istemedik. Bu yüzden kapıdan dışarı çıktık ve kabaran seyircilerin arasına sıkıştık. Açık alana çıktığımızda nefesimizi toparlamak için durakladık.

Etrafımıza bakındık. Ancak tüm sorunun nedeni hiçbir yerde görünmüyordu. Bütün o sahneden kaybolmuştu. Çıldırmış mıydı?

Ağzını ilk açan Mansur oldu. "San, o deli kız, sana ne yaptı?

"Göğsüme vurdu. O kadar beklenmedikti ki dengemi koruyamadım. Sonra geriye doğru senin üstüne düştüm. Nasıl bir kargaşa yarattı! Ayin boyunca neden hepimizi izlediğini hala merak ediyorum. Sadece bana böyle vurmak için miydi?

'San, sana bu Türk kızlarının deli olabileceğini söylemiştim, özellikle de iddia ettikleri gibi "modern hizmetçilerin". Ama bu kızın sana bilerek vurduğu kesin. İkinizin arasında başka bir bağlantı var mı? Şimdi nasılsınız? Sana vurduğu yerde kendini nasıl hissediyorsun? İyi misin?

Mansur bunu söylediğinde göğsümde bana vurduğu yerde bir acı hissettim. Acıyı dindirmek için avucumu göğsüme koyup masaj yaptım. Avucumu göğsümde gezdirdiğimde elime bir kağıt parçası geldi. Bu kâğıdın nasıl olup da göğsümde olduğuna şaşırdım.

Kağıda baktım. Ön tarafı boştu. Kağıdı çevirdim. Üzerinde bir şeyler yazıyordu ve o tarafı yapışkandı. O deli kız bana vurduğunda bunu göğsüme yapıştırmış olmalıydı.

Mansur kâğıttaki yazıyı okumak için bana katıldı. Düzgün bir el yazısıydı ve tamamı büyük harflerle yazılmıştı.

İlk satırda 'I L U,' ikinci satırda ise '2 M C H.' yazıyordu.

Bunu okuyan Mansur kontrolsüzce gülmeye başladı. "Sana söyledim San, o deli kız sana aşık. Aşkını anlamanı sağlamak için orada bütün bu isyanları çıkardı. Seninle ilgili düşüncelerini göğsüne yapıştırması ne kadar da tatlı! Kalbindeki duyguları doğrudan senin kalbine iletmek istemiş olmalı.

"Mansur, bu küçük kâğıt parçasına bakarak onun aşık olduğunu nasıl söyleyebilirsin?

Çok açık. İlk satırda "Seni seviyorum" yazıyor. İkinci satırda "Çok fazla" yazıyor. Tanrım, böyle yazdığına göre ne kadar deli gibi aşık olmalı. Normalde sadece "Seni seviyorum" derler. Bu durumda, bunun çok fazla olduğunu da vurguluyor.

'Şimdi, hadi Mansur. İkinci satır pek okunmuyor. U harfi eksik. Başka bir şey demek istemiş olmalı.

İleri geri tartışarak Mansur'un evine doğru yürüdük.

Dört gözle beklediğim huzurlu gece, en kaotik gece olarak sona erdi. Bu kâğıt başımızın üzerinde dururken uyuyup uyuyamayacağımızdan emin değildim.

Bunun bir aşk mesajı olmadığından oldukça emindim. Hiçbir kız aşkı için böyle bir sahne yaratacak kadar çılgın olamazdı. Mektubu bana vermek için beni yere sermek zorunda kalmadan pek çok başka yola başvurabilirdi. Benimle sema salonunun dışında kolayca buluşabilir ve kendini tanıtabilirdi. Muhafazakâr bir kültüre sahip olsa da bu ülkede bir kızın bir erkekle konuşmasının yasak olduğunu düşünmemiştim.

Mesaj başka bir şeydi ve anlamını çözmek için iyi düşünmek gerekiyordu. Belki de doğru düşünürsek karşımıza çıkabilecek basit bir çözüm olabilirdi. Ama Mansur ilk görüşte aşktan bahsederek beni çıldırtıyordu.

Onu daha önce gördüğüme dair içimdeki kuşku giderek güçleniyordu. Onu gördüğümden neredeyse emindim ve bu notu bana vermesinin nedeni de bu olabilirdi. Yani bu normal görünen mektupların başka gizli bir anlamı vardı.

Bulmacayı çözmeliydik.

Lutong'a Uzun Bir Yol Yok

Biz, Mansour ve ben, şehir merkezine doğru yürüyorduk. Uzun bir beyin fırtınasından sonra Mansour bana Konya'nın normalde şehrin iki yakasını ifade ettiği gibi hem şehir merkezi hem de şehir dışı olduğunu söylemişti. Downtown şehrin eski kısmı, uptown ise yeni gelişen bölgesiydi. Sonunda dün uykumuzdan vazgeçmemize neden olan kızla buluşmak için şehir merkezini aramaya karar verdik.

Sema salonundaki çılgın Türk kızının göğsüme bıraktığı notun ne olduğunu öğrenmek için gece geç saatlere kadar uzun tartışmalar yaptık. Mansur, bunun bir aşk mesajı olduğunu söyleyerek düşünmeye pek yanaşmadı. Ona göre bu sadece 'seni çok seviyorum'un kısaltılmış haliydi.

Kimsenin nerede buluşacağına ya da aşkı nasıl sürdüreceğine dair bir ipucu vermeden böyle bir mesaj bırakmayacağına onu ikna edemedim. Aşık bir kız bu kadar aptal olamazdı. Bu yüzden kesinlikle başka bir şey kastetmiş olmalı ki bize nerede bulunabileceğine dair bir ipucu versin.

Ama Mansur, Türk kızlarının bazen deli olduğu konusunda kararlıydı. Aşık olduklarında ve bu ilk görüşte aşk olduğunda daha da deli oluyorlar. Hiçbir kızın yaşlı birine aşık olmayacağı yönündeki argümanıma kulak asmadı. Bazı kızların tecrübeli erkekleri sevdiğini söyledi. Ama ben onun görüşüne boyun eğmedim. Mantığımla devam ettim.

L'nin yaşamak için olduğunu düşünmüştüm. Demek ki U Konya'da bir yer olmalıydı. Bunu Mansur'a açıkladığımda, kızın yaşadığı yeri işaret ettiğine en azından biraz ikna oldu.

Sonunda Mansur'un aklına şehir merkezi ve şehir dışı fikri geldi ve kızı şehir dışında aramaya karar verdik.

İlk satır biraz çözüldüğünde, ikinci satır yarı yarıya kolaydı. İlk iki karakter buluşmak olmalıydı. Ancak CH bir gizem olarak kaldı çünkü bir yer ya da ev adı düşünüyorduk. CH'yi köşe ev olarak düşündük. Hangi köşe olduğu ise ayrı bir bilmeceye dönüşmüştü!

Mansur uzun süredir Konya'dan uzak olduğu için şehirdeki son gelişmelerden haberdar değildi. Eski işyerlerini ve evleri çok iyi biliyordu. İşte o zaman uykumuzu boşa harcamaktansa şehir dışına çıkıp CH'ye benzer bir şey aramanın daha akıllıca olacağına karar verdik.

Yukarı şehir olarak bilinen bölgeye ulaşmak için neredeyse yarım saat yürümemiz gerekti. Etrafta köşe başı bir ev ararken birden kendimize güldük. Tam karşımızda yeni bir kahve dükkânı gördük ve dükkânın adı Coffee House'du. Bu bizim CH gizemimizi aniden çözdü. Ne de olsa o kız bize sadece ilgili kişileri doğru yöne yönlendirecek çok basit bir bulmaca vermişti.

Genişçe gülümseyerek ve şifreli bir ipucunu çözdüğümüz için kendimizi tebrik ederek Coffee House'a girdik. Kahvelerini yudumlayan ya da kahvaltı eden birçok insan vardı. Gözlerimiz gizemli kızımızı aramak için tüm dükkânı taradı.

Sonunda onu köşedeki bir masada oturmuş menü kartını incelerken bulduk. Hiçbir şey sipariş etmeden bizi bekliyor olmalıydı. Biz gelene kadar vakit geçirmek için menüdeki her bir maddeyi öğreniyordu. Masasına yaklaştığımızda başını kaldırdı ve bizi gördü. Bizi görünce gözleri sevinçle doldu.

Ayağa kalktı ve bize hoş geldiniz demek için elini uzattı. Teker teker elini sıktık ve yakındaki sandalyelere yerleştik.

Önce ben konuşmaya başladım, 'Sevgili hanımefendi, dün bana çok sert vurduğunuz göğsümdeki ağrıyı hafifletmek için bana biraz ilaç getirmeniz gerekiyor. Biraz daha yumuşak olabilirdiniz, böylece bütün o kaos orada yaşanmazdı.'

Sırıttı. 'Ne yapabilirdim ki? O sırada notu sana yapıştırmak için başka bir yolum yoktu. Buluşmam gereken kişinin siz olup olmadığınızdan emin değildim. Ama yüzünüz tanıdık geldi ve şansımı denemek zorunda kaldım. Yanlış kişi olsaydınız, notun üzerine not ettiğim harflerin anlamını çözme zahmetine girmeyeceğinizden emindim. Beni aşık çılgın bir kız olarak düşüneceksiniz.'

Eğer yüzüm ona tanıdık geliyorsa, demek ki bir yerlerde karşılaştığımız doğruydu. Merakımı kontrol edemiyordum. 'Benimle daha önce nerede karşılaştınız? Ben de seni daha önce gördüğüme dair bir his vardı içimde. Hatta Mansur da bana aynı şeyi söylemişti.'

Mansur araya girdi, 'Bütün bu açıklamalardan önce bize adını söyleyebilir misin? Böylece bayan ve kız kelimelerinden kurtulabiliriz.

"Ben Damla," diye cevap verdi. 'İkinizi de Dubai çölünde görmüştüm. Oraya geldiğiniz gün gösteri yapan dansözlerden biriydim ve arkadaşınızla buluşmaya çalıştığınızda dans pistinden düşmüştüm.'

Immediately, Mansour quipped, 'That's why I felt your was face familiar. You were the one who replaced the girl who was sick for a couple of days. I had seen you in the camp but could not quite place you well.'

Onu nerede gördüğümü bildiğim için ben de rahatlamıştım. Bu aşinalık dansözlerin performansını izlemekten geliyordu. Onların gösterisi tanoura dansından önce olduğu için o zamanlar hâlâ formdaydım. Ona isimlerimizi söyledik. Şimdi neden bizimle tanışmak istediğini merak ediyorduk.

Damla anlatmaya başladı: "Ben Konyalıyım ve çocukluğum boyunca ailemin yanında kaldım. Okulumu bitirdikten sonra çalışmak için Dubai'ye gittim ve otellerden birinde resepsiyonist olarak oldukça iyi bir işim vardı. O sırada temizlik işlerine de bakıyordum.

"Bir keresinde bazı arkadaşlarımla çöl safarisine gitmiştim. Göbek dansı ilgimi çekti ve sırf eğlence olsun diye göbek dansı öğrenmeye başladım. Öğretmenim beni kamplardan birinde dansa götürüyordu. Sonra bana bir şeyler olmaya başladı. Çılgın rüyalar görüyordum ve gerçekte şekli olmayan bir şeyin bulanık biçimleri beni rahatsız etmeye başladı. Oradan uzaklaşmak istedikçe, oraya daha da çok bağlandım. İç zihnim bana uzaklaşmamı söylese de kendimi orada kalmaya zorluyordum.

"Sonra öğretmenim, hastalanan o kız için geçici bir düzenleme olarak beni Mansour'un kampına götürerek bana bir kaçış yolu verdi. Bu çılgınca hislerimi hiç kimseyle paylaşmamıştım ve ilk defa biriyle bu konu hakkında konuşuyorum."

Sinirlerimi yatıştırmak için araya girmek zorunda kaldım. "Neden yükünüzü hafifletmek için bizi seçtiniz?"

"Ona geliyorum." Ayrıntılara girmekte acele etmiyordu. "Mansur'un kampında olduğum gün oldu. Mansur'u gördüm ve hep onunla birlikte hareket eden birini gördüm. Rüyalarımdaki şeye benziyordu, aynı şekilsiz form!

"Ertesi gün ailenle birlikte geldin. Normalde kamptaki etkinliğe katılan sayısız ziyaretçiden biri olmalıydınız. Ama dans performansım sırasında sizi seyirciler arasında gördüğümde, ikimiz arasında bir bağ olduğunu hissettim. Şu anda bile ikimiz arasında hissettiğim bağın ne olduğunu söyleyemiyorum."

Mansur bana dirsek attı. Yüzünü bana döndü ve bana göz kırptı. Çılgın aşk teorisine geri döndüğünü biliyordum. Ama öyle olmadığından emindim. Etrafımızdaki enerjilerle ilgili bir şey olmalıydı.

Damla devam ediyordu: "Sen Mansur'un yanına gitmek için dans pistine girdiğinde, o şekilsiz şeyi çok net gördüm. O şeyin seni pistin dışına ittiğini gördüm. Hem senin hem de Mansur'un hayatı için çok endişelendim. Üç yabancının çılgınca bir şey yüzünden birbirlerine girmelerinden de çok korktum. Bunları konuşmak için size gelmeyi düşünmüştüm. Ancak düşüşünüz ve o noktadan aniden ayrılışınız hesaba katmadığım bir şeydi. Bu yüzden sizinle konuşma fırsatını kaçırdım.

'O zaman Mansur'la neden temasa geçmediğimi düşünebilirsiniz. Bunu yapmayı düşünmüştüm. Ama Mansur'un bana musallat olan bu şekilsiz şeyi bilmemesi durumunda beni doğru anlayamayacağını düşündüğüm için Mansur'la iletişime geçmekten kendimi alıkoydum. Bu sadece komplikasyonlara yol açabilir.

"Orada çalışmaya devam etmeye çalıştım. Ama dansa konsantre olmakta zorlanıyordum. Sonra Mansur'un düştüğünü ve hastaneye kaldırıldığını duydum. Bu olay çöldeki işimi bırakmaya karar vermeme neden oldu ve resepsiyonist olarak çalışmaya devam etmek üzere eski otelime geri döndüm.

"İşi çok rahatsız edici buluyordum. Misafirlere düzgün davranmıyordum. Sürekli hatalar yapıyordum. Sonra patronum, otel müdürü, eski zekamı geri kazanabilmem ve onlara yeniden katılabilmem için izne ayrılmamı istedi. Tavsiyesini kabul ettim ve işte Konya'ya geri döndüm."

"Ve o zaman bizi semazenlerin dans salonunda gördün?" Mansur ona sordu.

O da başıyla onayladı. "Rüyalarımdan ve deli beynimden kurtulmak için semaya gitmeye başladım. Bu bana iyi bir huzur veriyordu. Sonra sen geldin ve yine kıyamet koptu.

'Dans boyunca o uzak köşeden seni izliyordum. Dansın sonlarına doğru sanki birileri zihnimi koşmaya zorluyormuş gibi hissettim. Ama bu gizemli duygunun temeline inebilmek için seninle buluşup konuşmalıydım. Bu yüzden o küçük notu yazdım. Başka kimsenin notu alıp okumasını istemedim. Bu yüzden bazı kısa formlar kullanmak zorunda kaldım. Dubai'de gördüğümü sandığım kişi siz olsaydınız, kısa formu kırıp beni bulmak için iyi düşüneceğinizi biliyordum. Aksi takdirde beni bir yabancıya aşkını gösteren çılgın bir Türk kızı olarak görecektiniz. Haklı olduğumu kanıtladım, değil mi? Aklını doğru şekilde kullandın ve beni burada seni beklerken buldun.'

Mansur ona "Eğer bugün gelmeseydik ne yapacaktın?" diye sordu.

"Seninle iletişim kurmanın başka yolu yoktu. Biriniz benimle burada buluşana kadar her gün gelip sizi bekleyecektim. Bu alabileceğim tek şanstı ve gerçekten de sonuç verdi."

"Bu çok akıllıcaydı Damla." Dürüstlüğü için ona iltifat etmek istedim. 'Ama bu koridorda neden böyle bir kaos yarattığını açıklamıyor. Bize doğru yürüyebilir ve başkaları seni fark etmeden notu elime tutuşturabilirdin. Ama bunun yerine çok fazla yaygara kopardınız ve dünkü arbedede kaç kişinin yaralandığını Tanrı bilir.'

'Bütün bunları yapan ben değildim. Size sanki biri beni itiyormuş gibi hissettiğimi söylemiştim. O görünmeyen güce karşı koymaya çalıştım ama uzun süre dayanamadım. Beni size doğru itti ve koşmamı sağladı. Etrafımda çok fazla insan vardı ve önümdeki hiçbir şey umurumda değildi. Bazı insanları, özellikle de yanımdaki kızlardan bazılarını yere sermiş olmalıyım. Bu güç beni size doğru koşturdu ve neyse ki içimde bir his bulup notu göğsünüze yapıştırdım. Darbeyi kontrol edemediğim ve seni o şekilde iterek yere düşürmek zorunda kaldığım için üzgünüm. Koşmaya devam ettim ve ancak evime ulaştığımda durabildim.'

'Peki ya aileniz? Onlar seninle değil miydi?' Mansur onun ailesi hakkında sorular sordu.

"Annem ve babam evdeydi. Ben onların tek çocuğuyum. Bu sorundan haberleri yoktu ve ben de onlarla bu konu hakkında konuşmadım. Dün gece doğrudan evin içine girmek yerine, ki bu onları korkutabilirdi, eve girmeden önce bahçemizde yürüyecek kadar akıllıydım. Bu şekilde tüm sorunları ailemden uzak tutabilirdim. Benim için endişelenmelerini istemiyorum."

Mansur bana baktı. 'Ne yapmalıyız, San? Damla için bu sorunu çözme konusunda bir fikrin var mı?'

Damla'ya baktım. "Bak, bizim de benzer sorunlarımız var." Hikâyemizi ve Konya'ya nasıl ulaştığımızı anlattım. Mansur'un Mahmud'un torunu olduğunu duyunca oldukça rahatlamıştı. Mahmud hakkında çok şey duymuştu. Ama Mevlana'ya benzeyen o büyük insanla hiç tanışma fırsatı olmamıştı.

Gizemin bizim tarafımızı tamamlıyordum. 'O zaman bizim için yapılacak en iyi şey Mahmud'la tanışmak ve ona her şeyi açıklamaktır. Üçümüz için de mutlaka bazı çözümleri olacaktır. Damla, sen de bizimle Mansur'un evine gelmelisin. Yarın Konya'dan ayrılacağım için Mahmud'la bugün konuşalım.'

Mansur biraz kuşkuluydu. 'Dedeme gidip konuşmalıyız. Ama şekilsiz bir yaratığın hepimizi nasıl bu kadar iyi bağlayabildiğini merak ediyorum! Bu bağlantının bir nedeni olmalı. San ile olan bağlantım bir ölçüde çözülmüştü. Damla'nın bana doğru çekilmesi aynı iş ortamında çalışıyor olmamızla açıklanabilirdi. Dubai çölünün barındırdığı negatif enerjiler olmalı. Ama Damla ile San arasındaki bağlantı için herhangi bir yol göremiyorum.'

Mansur'un yüzünde yine yaramaz bir ifade vardı. Önce bana sonra Damla'ya baktı. Gözleri bana eski teorisinin doğru olup olmadığını soruyordu. Biliyordum ki eğer izin verirsem, yine o çılgın aşk hikâyesini gündeme getirecek ve aramızdaki bağlantıyı buna bağlayacaktı.

'Bunu unutalım Mansur. Şimdi ileriyi düşünelim. Nerede yaşıyorsun Damla? Senin evine gidelim. Mansur'un evine gitmeden önce ailenden izin almalısın. Yoksa senin için endişelenirler.'

"O konuda sorun yok, San." Damla korkularımı yatıştırdı. 'Onlar muhafazakâr Konyalılar değil. Hayatlarının çoğunu Konya dışında geçirdiler. Ben de öyle.'

"Neredeydiniz?" diye sorduğumuzda ikimiz de neredeyse aynı tonda konuşuyorduk.

Yavaşça cevap verdi, gerilimi arttırarak, 'Lutong. Orası Malezya'da bir eyalet olan Sarawak'ta bir yer. Belki farkında değilsinizdir.'

Hayretler içinde kaldık ve ne hareket edebildik ne de konuşabildik.

Gizemden Çok Teori

Mansour'un evine doğru yürüdük. Ama ondan önce kendimiz için kahve sipariş ettik ve köşedeki masada otururken içinin tadını çıkardık. Mahmoud'a sunmadan önce bağlantılar üzerinde biraz daha tartışmak için biraz zaman kazanmak istedik.

Damla benim de çocukluğumun Lutong'da geçtiğini ve Brunei'nin Seria kentinde doğduğumu öğrenince çok şaşırdı. Bu harika bir tesadüftü. Mahmoud'un bize daha önce açıkladığı gibi, ruhlarımızın parçaları aynı ruh kaynağından gelen enerjilerden -pozitif ve negatif- oluşabilirdi. Bu, Damla'nın beni ilk gördüğünde hissettiği bağlantıyı açıklıyordu.

Ancak semazenlerin salonundayken sahip olduğu kontrol edilemez çekme-itme etkisini ve Dubai çölünde bizimle orada buluştuğunda yaşadığı olayları daha iyi anlamamız gerekiyordu. Bunlar için mutlaka Mahmud'a gitmemiz gerekiyordu. Tüm sorularımıza mutlaka mantıklı cevapları olacaktı.

Kahve ve tartışmalar, Mahmoud'un önünde her şeyi nasıl sunmamız gerektiği konusunda zihnimizi daha da netleştirdi. Mansur büyükannesini arayarak öğle yemeğine bir misafir daha geleceğini haber verdi.

Mansour'un evine neredeyse öğle yemeği saatinde ulaştık. Mahmoud ve Nargis bizi karşıladılar ve doğrudan yemek salonuna götürdüler. Yemek her zamanki gibi muhteşemdi ve en azından şimdilik tüm endişelerimizi unutturdu.

Daha sonra salondaki rahat halı ve yastıkların üzerine yerleştik. Mahmoud içeri girdi ve önümüze oturdu. Üçümüz de sanki bir sınıftaymışız gibi oturuyorduk. Damla, büyük Mevlana'yı şahsen göreceği için biraz şaşkındı. Daha sonra bana Mahmud'un Mevlana'nın birebir kopyası olduğunu söyledi. O zamana kadar bu büyük insan hakkında sadece hikâyeler duymuştu. Şimdi onu doğrudan göreceği ve onunla etkileşime geçme fırsatı bulacağı için çok mutlu oldu.

Mahmud'a önceki gün semazenlerin salonunda olanları ve sabah Coffee House'da yaptığımız tartışmaları anlattık.

Mahmud, Damla'nın göğsüme yapıştırdığı notu öğrenince ondan çok etkilendi.

'Damla kızım, sen akıllıca düşünmüşsün. Baskı altında bile işleri düzgün yapabiliyorsun. Bu berrak bir zihni ve beyni iyi kullandığını gösterir. Bana ailen ve Sarawak'taki hayatın hakkında daha fazla bilgi verebilir misin?'

"Teşekkür ederim amca. Damla'nın biraz gergin olduğu görüldü. "Babam Shell'in Miri'deki petrol rafinerisinde çalışıyordu, biz de Lutong'da kalıyorduk. San'dan anladığım kadarıyla onlar da aynı yerdeydiler. Tek fark, onlar 1962'de oradan ayrılmışlar, biz ise ondan sonra daha uzun süre orada kalmışız. Ailem Sarawak'a gittiğinde orası çoktan Malezya'nın bir parçası olmuş. Ben 1982 yılında Lutong'da doğdum. Daha sonra petrol kuyuları tükenince Shell faaliyetlerini azalttı ve personel sayısını düşürdü. Ardından yabancıların çoğu Sarawak'ı terk etti ve kendi ülkelerine geri döndü. Biz de o dönemde geri döndük."

Mahmoud'un yüzü aydınlandı. Benim hayatımla Damla'nın Sarawak'taki hayatı zaman dilimi dışında neredeyse aynı olduğu için cevapları çok hızlı bulduğunu tahmin edebiliyordum.

'Bu başına gelen pek çok şeyi açıklıyor Damla. Bu çocuklara daha önce de açıkladığım gibi -özür dilerim San, sen benim için hâlâ bir çocuksun- karakterin, sana gebe kalırken ve embriyonun gelişiminin ilk aşamalarında içine giren enerjiler tarafından belirlenir. Bu bölgelerde ölmüş olan insanların ruhları, ceninin ruhunu yaratmak için pozitif ve negatif enerjileri aktarır. İnsanlar bu şekilde farklı karakterlere sahip olur, farklı tutumlar ve yetenekler geliştirir.

'Çok sayıda savaşın ve zalimce eylemin gerçekleştiği bir yerde doğal olarak pozitiflikten çok negatiflik olacaktır ya da tam tersi. İkinizin de şansına Sarawak, özellikle de Lutong, zalim ruhlardan ziyade nazik ruhlara sahip gibi görünüyor. Yani ikiniz de iyi doğayla kutsanmışsınız.

'Ancak doğduğunuz yerden uzak kaldıkça, pozitifliğin gücünü kaybetme eğilimindesiniz ve bunun için San'a doğduğu yere bir gezi yaparak kendini yeniden şarj etmesini öneriyordum. Belki Damla, sen de bunu yapmalısın. Bir ziyaret sana zarar vermez. Öte yandan, seni güçlendirecektir. Dubai'ye nasıl geldin?'

Damla, Mahmud'a Dubai'de geçirdiği dönemle ilgili bize anlattıklarını aktardı. O da benim gibi altı yaşındayken Sarawak'tan ayrılmış.

Damla konuşmasını bitirdiğinde, Mahmud konuşmayı devraldı. "Görünüşe göre Damla'nın ikinizle de birçok ortak noktası var. Altı yaşına kadar hayatı San'ınkiyle paralel gitmiş. Daha sonra Türkiye'ye gelmiş ve ardından Dubai'de hırslarının peşinden gitmiş. Bu kısım Mansour'unkiyle karşılaştırılabilir. Sonunda ikinizin yanına gelmesine şaşmamalı. Şimdi üçünüz de ruhlarınızın enerjileriyle birbirinize bağlandığınıza göre, sorunları birlikte çözmek için daha fazla uğraşmanız gerekiyor.

"Görünüşe göre Mansur'u takip eden negatif ruh, Damla'yı çöl kamplarındayken yakalamıştı. Mansur, sema ayinlerinden elde ettiği konsantrasyonla negatif enerjiden her zaman bir adım öndeydi. Doğrudan Mansur'a giremediği için Damla'yı kullanarak sizi takip etmişti. Üçünüzün de Dubai'den doğru zamanda kaçması hepimiz için iyi oldu.

'Damla Dubai'de çalışıyordu, hem de çöl kamplarında. San çöl kampı yolu boyunca seyahat ederdi ve Damla gibi San'ın ruhuyla çok uyumlu olan bir kişinin ruhunun San'ı kendisine doğru çekmesi kolaydı. San bu şekilde negatif enerjiden etkilendi.'

"Şimdi eylem planımız ne olmalı efendim?" Mahmoud Türk kahvesini yudumlamak için bir süre durduğunda sordum.

"San, artık bildiğin gibi elimizde herhangi bir gizem yok. Ama elimizdekilerin hepsi teori. Doğru olmaktan uzak değiller. Ancak teorilerin tümüyle doğru olması gerekmez. Bazı zamanlarda ya da bazı noktalarda yanlışa düşebiliriz.

'Şimdiye kadar oluşturduğumuz teorilere dayanarak planlarımıza devam etmekten başka seçeneğimiz yok. Bu yüzden Sarawak'a bir gezi planlamalı ve ikinizin doğduğu bölgede kaldığınızda ruhlarınıza ne olduğunu görmelisiniz. Mansur da her türlü yardım için sizinle gelecektir.

İkiniz de kendi pozitif enerjili ruhlarınızla yeniden şarj olduğunuzda, çöl cinlerinin sizi etkileyemeyeceğinden çok umutluyum. Mansour Türkiye'de çalışmak için Dubai'den uzak kalabilir. Çölün olumsuzluklarından daha fazla rahatsız olmayacaktır.'

Mansur'un kendi endişeleri vardı. "Büyükbaba, negatif ruhlarla savaşmak için özel bir alet ya da kit taşımamız gerekiyor mu?"

Mahmud gülümsedi. "Profesör Van Helsing'in Kont Drakula ile karşılaşması sırasında düşündüğü gibi düşünüyorsun. Orada kötü ruhları uzaklaştırmak için kutsal su, sarımsak ve haç kullanıyorlardı. Benim bahsettiğim ruhlardan gelen enerjilerin kötü ruhlarla hiçbir ortak yanı yok. Bunlar bizim duyarlılığımızın ve görüşümüzün ötesindeki uzayda mevcut olan antimaddedir. Bunlar milyonlarca yıldır insan bedenine giren ve zamanı geldiğinde bu bedenleri terk eden enerjilerdir. Bu insan yaşamının yasasıdır.

'Onlara karşı koymanın tek yolu zihninizin daha güçlü olması ve yapmak ve başarmak istediğiniz şeylere konsantre olmanızdır. Nerede olursanız olun, etrafınızda olup bitenlerin farkında olmalı ve etrafınızdaki şeylerin anlamını kavramak için çok dikkatli gözlem yapmalısınız.'

Mansur'un bir endişesi daha vardı. 'Damla'nın bizi semada gördüğü sırada sergilediği davranışlara ne demeli? Onu bize doğru koşturacak ne olmuş olabilir?'

"Bu, Damla çöldeyken içine giren negatif yükün eylemiydi. San ile rezonans halinde olan pozitif kısım onu San ile buluşmaya çağırırken, negatif kısım onu Mansur'a gitmeye itiyordu. Negatif ruh, Mansur Dubai kumullarındayken onun yanına girmeyi boşuna denemişti. Ama zeki ruh Damla'yı kolay bir av olarak bulmuş ve onun içine kısmen girerek onu Mansur'a gitmeye zorlamıştı.

"İkinizle birlikte semada karşılaştığında, berrak zihni sizi çöl kampında tanıştığı kişiler olarak tanıdı. Ama sonra negatif ve pozitif yükler arasında kavga başladı. Neyse ki hepimiz için Damla'nın pozitifliği salonda yarattığı tüm kaosa rağmen galip geldi. Mahmud genişçe gülümseyerek Damla'ya döndü. "Dün salonda yarattığın izdiham nedeniyle kaç kişinin yaralandığını biliyor musun?"

Damla cahil olduğunu belirtmek için yavaşça başını salladı.

"Salonun bekçisinden anladığım kadarıyla, on iki kişi ilk yardım için yakındaki kliniğe götürüldü. Diğerleri ufak tefek kesikler ve morluklarla kurtulmuş. Ama kimse paniğin asıl sebebinin ne olduğunu anlamamış. Yani Damla, kimse seni aramaya gelmeyecek. Bütün bunlar hakkında ailenle konuştun mu?"

Damla yine başını salladı. "Hayır, amca. Aileme bir şey açıklayacak durumda değildim. Antimadde ve ruhlardan gelen enerjiler hakkındaki bu teoriyi anlayacaklarını hiç sanmıyorum. Beni bir psikiyatriste götürmeyi düşünebilirler."

'Tamam, bu iyi. Mansour ile Sarawak'a yaptığınız seyahati nasıl açıklayacaksınız?'

"Bir fikrim var. Aklımdan geçenleri onlara anlatmak istedim. 'Damla onlara doğduğu yeri tekrar ziyaret etmek istediğini ve arkadaşıyla gitmek istediğini söyleyebilir. Mansur, Damla için ideal bir erkek arkadaş olur."

Mansur beni kaburgalarımdan dürtükledi. Damla ile benim aramda bir aşk hikâyesi kurmaya çalışıyordu. Şimdi arabayı ona çevirebilirdim. Ama aslında Mansur ve Damla'nın birbirleri için yaratılmış bir çift olabileceklerini hissetmiştim. Mansur başlangıçta itiraz etse de sonunda önerimi kabul etti. Mahmud da Damla'nın ailesini ikna etmek için bunun iyi bir fikir olacağını düşündü.

Damla'ya "Evlenmeden önce bir balayı, ailen için sorun olur mu?" diye sordum.

Damla, "Sana daha önce de söylediğim gibi, ailem o kadar da Ortodoks değil. Mansur'un büyük Mevlana'nın torunu olması da bu geziyi kabul etmelerini daha da kolaylaştırıyor."

Mahmud sağ elini kaldırdı. 'Sevgili kızım, ben Mevlana değilim. Ben sadece yüce Mevlana'nın mütevazı bir müridiyim. Bana Mevlana demek, büyük Celaleddin Rumi'yi küçük düşürmek olur. Lütfen beni yüce Mevlana ile kıyaslamayın.'

'Ama amca, sen tıpkı büyük Mevlana'ya benziyorsun. Ailem bana senden bahsederdi ve tüm Konyalılar senin Mevlana'nın gerçek reenkarnasyonu olduğuna inanıyor. Bu sadece görünüş değil. Yaptıkların da aynı şekilde onurlu. Hepimiz seni çok seviyoruz amca.'

'Tamam, tamam, sevgili Damla. Bu konuyu kapatalım. Bana istediğin gibi hitap edebilirsin. Sen çok iyi bir çocuksun.'

Onlara planlarımı anlatmak istedim. 'Yarın Dubai üzerinden Sohar'a dönüyorum. Sonra kızımın bizimle Sarawak'a gelmek için ne zaman izin alabileceğine bakacağım. Seyahat için eşimi, kızımı ve oğlumu da yanıma almak niyetindeyim. Çocukluğumun geçtiği yeri görmeyi dört gözle bekliyorlardı. Benim için de kazıklı evlere geri dönmek bir hayalin gerçekleşmesi olacak.'

Damla eğleniyordu. "Biz de ahşap bir evde kalıyorduk. Evin önünde bir yol vardı ve yolun ötesinde orman vardı."

"Biz de benzer bir yerde kalıyorduk. Ormanda büyük ağaçlar yoktu. Çok uzun otlarla doluydu. Yerel Dayak kabilesi ormanın derinliklerinde yaşıyordu. Hatta o günlerde bana bakan Sari adında yerel bir hizmetçi kızımız vardı. Onu çok sevdiğimi hatırlıyorum."

'Görünüşe göre yirmi yıl içinde Lutong'da pek bir şey değişmemiş. Senin çocukluğunla benimki neredeyse birbirine benziyor. Oraya gittiğimizde belki daha fazla benzerlik ortaya çıkabilir. Oraları tekrar görmek ve çocukluğumuzu yeniden yaşamak gerçekten eğlenceli olurdu.'

Mahmoud araya girdi. 'Eğer Lutong'da onları bulabilirsen eski arkadaşlarınla yeniden bir araya gelmek harika olur. Şimdi yolculuk için plan yapalım. Mansur, Damla'yı evine geri götürmelisin, böylece Damla'ya erkek arkadaşını ailesiyle tanıştırma fırsatı vermiş olursun. Yolculuk planını onlara hemen söylemene gerek yok. Bu daha sonra yapılabilir. Bu arada Mansur'u anlamalarını ve ona güvenmelerini sağlayın. Böylece kızlarını onunla uzun bir yolculuğa gönderme konusunda şüpheci davranmayacaklardır.'

Mansur başını salladı. 'Doğru dede. Sana katılıyorum. Tamam Sari, yakında görüşürüz. Sen toparlanmaya başla, ben de bu arada Damla'yı bırakıp döneyim.'

Toplantıya ara verdik. Damla ve Mansur Damla'nın evine gittiler. Mahmud odasına çekildi, ben de toparlanmak için odamıza gittim.

Zihnim son birkaç gündeki olayları gözden geçiriyordu. Dünya çok küçük görünüyordu. Bu kadar uzun zaman sonra aynı yerden biriyle karşılaşmak gerçekten de süper bir tesadüftü.

Ailemle birlikte Sarawak'a gitmeyi çok istiyordum. Anılarımda saklı kalmış tüm o yerleri görmek çok güzel bir duygu olacaktı. Bu bana o günlerde hizmetçimiz olan Sari'nin ailesi hakkında bilgi almak için ablam ve erkek kardeşimle konuşmam gerektiğini hatırlattı. Sari ve aile üyelerinin bazı fotoğrafları olmalı. Bu fotoğrafları yanıma almayı unutmamalıydım. Belki onları bulmamda bana yardımcı olabilecek birileri çıkabilir. Tabii ki Sarı'nın hâlâ hayatta olma ihtimali çok düşüktü. Ama en iyisini ummak daha iyiydi. Onu o günlerde pek çok yaramazlık yapmama izin veren çok sevecen bir insan olarak hatırlıyordum.

Mahmud'un yerel halktan yardım alma konusunda bize söylediklerini hatırladım. Bu nedenle, Sari'nin ailesini tanımak ruhlarımızı yeniden canlandırma arayışımızda bize çok yardımcı olacaktı. Eğer bir mucize eseri Sari hayattaysa, en azından seksenli yaşlarında olmalı. Eğer onunla tekrar karşılaşabilir ve çocukluk günlerimi yeniden yaşayabilirsem, işte o zaman çok mutlu olurum!

Ailem ve iki yeni arkadaşımla birlikte Sarawak'ta huzurlu ve mutlu bir tatil geçirmeyi planlamıştım. Ama bizi nelerin beklediğini asla tahmin edemezdim.

Hazirliklar

Sohar'a geri dönmüştüm.

Geçen hafta telaşlıydı. Konya seyahatimizle ilgili pek çok şey olmuştu. Yeni yer farklı deneyimler kazandırmıştı. Mahmud'un varlığı yanımda taşıdığım en güzel anıydı. Ne kadar bilgili bir adam! Onunla konuşmak bana çok fazla güven aşıladı.

Mansur'la birlikte Konya'ya doğru yola çıktığımda, çölde başıma gelen bu beladan kurtulabileceğimden pek emin değildim. Ama şimdi her şeyin iyi bir şekilde sonuçlanacağından çok emindim. Sorunun ne olduğunu biliyorduk ve soruna yönelik çözümlerimiz de vardı. Artık gizemli olayların nedeni konusunda karanlıkta değildik.

Mansur ve Damla Türk vatandaşı oldukları için Malezya ve Brunei'ye önceden vize almadan girebiliyorlardı. Onlara varışta vize verilecekti. Ancak bizim için, Hindistan vatandaşı olduğumuz için, önceden vize almak bir zorunluluktu.

Neyse ki Maskat'ta Malezya ve Brunei büyükelçilikleri vardı. Jai ve Kav ile birlikte kendim için vize başvurularını yaptım. Viv'e vizesini San Francisco'da almasını tavsiye ettim. İlgili elçilikler de orada olduğu için sorun yaşamayacaktı.

Vize başvurularını birlikte yapabilmemiz için Jai ve Kav'ın Umman'a gelmesini beklemem gerekiyordu.

Bu arada ben de yolculuk için plan yaptım. Ana hedefimiz olan Miri'de uluslararası bir havaalanı vardı. Muskat veya Dubai'den doğrudan uçuş olmasa da Singapur ve Kuala Lumpur'dan günlük uçuşlar vardı.

Uçuş seçiminin kolay olması için Singapur üzerinden gitmeye karar verdik. Bu, başvurulması gereken bir vize daha anlamına geliyordu.

Miri'de kalmayı planlamıştık. Çok iyi oteller vardı. Orta dereceli bir otel seçmek zorunda kaldım. Brunei'deki Seria'ya yolculuk karayoluyla yapılacaktı. Bir araba kiralayıp Miri'den Lutong'a gidebilirdik, burası sahil otoyolu boyunca yaklaşık yirmi kilometreydi. Lutong'dan Seria'ya yaklaşık elli altı kilometre vardı ve yolda sınırı geçmemiz gerekiyordu.

Muhtemelen Seria'da bir gün kalmak, seyahatimizin amacına uygun olarak etrafı tanımak için yeterli olacaktı. Ruhumun köklerini bulmak için Miri ve Lutong'da zaman geçirmemiz önemliydi. Aynı şey Damla için de geçerliydi. Damla ailesinden nerede doğup büyüdüğünü öğrenecekti.

Mahmoud'un da vurguladığı gibi, ana rahmine düştüğümüz, doğduğumuz ve çocukluğumuzu geçirdiğimiz yerlere odaklanmamız gerekiyordu. Anne babamın kaldığı yer bilindiğinde, hamile kaldığım yer de bilinmiş olacaktı. Bu, ruhlarımızı gençleştirmek için birinci sınıf bir gereklilikti.

Bu yüzden programım Singapur'da bir gün kalmak ve ardından Miri'ye uçmaktı. Miri'de geçireceğimiz bir hafta hem ruhlarımızı tatmin etmek hem de gezinin diğer amaçlarını yerine getirmek için yeterli olacaktı. Miri'de kaldığımız bir hafta boyunca karayoluyla Seria'ya gidip dönebilirdik.

Her şey planlandığı gibi giderse, gezimizi mutlu bir şekilde, ruhlarımız kaynaktan gelen çok ihtiyaç duyulan pozitif enerjilerle yeniden şarj olmuş bir şekilde tamamlayabilirdik. O zaman tüm endişelerimiz dinebilirdi. Kav da rahatlamış olacaktı.

Yolculuk hazırlıklarındaki gelişmelerden haberdar etmek için Mansour'la irtibat halindeydim. Anlaşılan Damla'nın ailesiyle iyi anlaşmıştı ve artık her gün evlerine geliyordu. Damla'nın ailesi, büyük Mahmud'un akrabası olan bu yakışıklı genci ağırlamaktan mutluluk duyuyordu. Kızlarının iyi bir seçim yaptığı sonucuna vardılar.

Ben Konya'dan ayrıldıktan sonra Damla sema sırasında yaşadıklarına benzer hiçbir sorun yaşamadı. Yani onlar için her şey huzurlu ve sakindi.

Singapur Havayolları'ndan Muskat'tan Singapur'a ve oradan da Miri'ye biletlerimizi aldım. Fiyatlar çok yüksek değildi. Tarihleri Mansur'a ilettim, böylece onlar da Konya'dan İstanbul üzerinden varış noktamıza rezervasyonlarını yapabileceklerdi. Viv, San Francisco'dan Singapur'a neredeyse bizimkine yakın bir zamanda inecekti.

Yolculuğa hazırlanmak için neredeyse bir ayımız vardı.

Bu arada ben de Jai ve Kav'ın Maskat'a gelmeleri için gerekli hazırlıkları yaptım. Üç vizenin çıkması neredeyse iki hafta sürecekti çünkü her elçiliğin vize vermesi için üç ila dört iş günü gerekiyordu.

Her zamanki gibi Jai ve Kav Jet Airways uçağıyla Maskat'a ulaştı ve ben de onları Sohar'a getirdim. Ertesi gün, üç büyükelçilikten vize almak için başvuru işlemlerine başladık.

Sohar'da oldukları için Jai birkaç günlüğüne Dubai'ye gitmeyi önerdi, böylece ikamet izinlerini geçerli tutmak için Dubai'ye giriş yapabileceklerdi.

Bunun iyi bir fikir olduğunu düşündüm ve Malezya elçiliğinden pasaportlarımızı geri aldıktan sonra hafta sonu boyunca yolculuk yapmayı planladık.

Başlangıçta Dubai'ye yapacağımız yolculuk, son birkaç yılda yaptığımız pek çok yolculuk gibi basit bir yolculuktu. Ancak ne yazık ki bu yolculuk da buruk geçti ve geçmiş bir kez daha peşimizi bırakmadı.

Sohar'dan bir Cuma sabahı ayrılmıştık. Kav nedense bu yolculuğa pek hevesli değildi. Sınırı geçip Hatta'dan Sohar'a dönmeyi önerdi. Hatta Fort Hotel'de bir gün kalmak istediğini söyledi. Tavrında bir korku seziyordum. Madam'daki çöl safari alanını geçmek istemiyordu. Hâlâ oraya yaklaşırsak başımıza kötü bir şey gelebileceği korkusunu taşıyordu.

Ama Jai kuzenlerimizi ziyaret etmek için Dubai'ye gitmek istiyordu. Kısa süre önce Chennai'den Dubai'ye taşınmışlardı. Bu makul bir istekti ve biz de onun önerisine boyun eğmek zorunda kaldık. Kav da isteksizce Dubai'ye gitmeyi kabul etti.

Arabayı çok yavaş sürüyordum ve sabah on bir gibi çöl safari alanına ulaştık. Çöl safarisine yaptığımız son yolculuk hakkında konuştuk ve o anları yeniden yaşadık. Jai dans olayını bahane ederek bana takılma fırsatını yakaladı.

Sonra birden Kav'dan yüksek sesle bir çığlık geldi. Yolun sol tarafında bulunan ve diğer kum tepelerine göre oldukça yüksek olan kum tepelerini işaret ediyordu.

Biz de o yöne baktık ve karşımızdaki manzara karşısında şaşkına döndük. Aracı yan tarafa doğru durdurdum.

Bir Prado SUV devrilmişti ve kum tepesinden aşağı yuvarlanıyordu. traftan insanlar kazanın olduğu bölgeye doğru koşmaya başlamıştı.

Yuvarlanan arabaya baktığımda, yan taraftaki şekilsiz şekilleri dehşetle görebiliyordum. Geçen seferki çöl sürüşü sırasında gördüklerim aklıma geldi. Gözlerimi ovuşturdum ve tekrar baktım. Hayır, o şekiller oradaydı. Biri aracı daha ileriye itmeye çalışıyor, diğeri ise aracın tekrar takla atmasını engellemeye çalışıyordu. Belli ki olumsuzluk olumluluktan çok daha güçlüydü.

Sonunda araç kum tepesinin dibinde sırt üstü durdu. O zamana kadar birçok insan arabanın etrafında toplanmış, yolculara yardım etmeye çalışıyordu.

Kav yüksek sesle bağırdı, 'Baba, lütfen bu sahneden uzaklaş. Bunları daha fazla görmek istemiyorum. Gördüklerimiz aklımdan çıkmayacak' dedi.

Jai de beni orada kalmak yerine ileri gitmeye zorladı. Biçimsiz şekillerin neyin peşinde olduğunu görmeye çalışıyordum.

İçlerinden birinin bize doğru ilerlemeye başladığını gördüğümde hayatımın korkusunu yaşadım. Yolun sol tarafındaki çitlere ulaşmıştı. Artık gerçekten paniğe kapılmıştım. Ayağım gaza bastı ve araba ileri doğru fırladı.

Kav bağırdı, 'Baba, lütfen dikkatli ol! Böyle acele etmene gerek yok.'

Jai'nin şaşkın bir şekilde bana baktığını hissedebiliyordum. Bana ne olduğunu merak ediyor olmalıydı. Bu şeyleri sadece benim görmüş olmamın iyi olduğunu düşündüm. Aksi takdirde Jai ve Kav için çok kafa karıştırıcı olabilirdi.

Dikiz aynasına baktım. Arkamızda hiçbir şey yoktu. Arkaya bakmak için başımı çevirdim. Hayır, bizi takip eden hiçbir şey yoktu.

Bir süre hiçbirimiz konuşmadık. Negatif enerji kavramını düşünüyordum. O şey beni tanımıştı ve bana ulaşmaya çalışıyordu. Tam zamanında kaçmıştım. Ama geri döndüğümüzde bu olumsuzluğun tehlikesi vardı. Jai ve Kav'ı alarma geçirmeden Sohar'a geri dönmek için kullanabileceğim başka bir yol bulmalıydım.

Kaza korkunçtu. Arabanın yuvarlanma şeklinden, yolculardan bazıları için ölümcül olduğundan emindim. Olay, bu negatif enerjilerin peşinde olduğu kişinin sadece ben olmadığımı anlamamı sağladı. Başka pek çok kurbanları da vardı. Mahmoud'un negatif enerjileri getiren kötü kan teorisi her türlü şüphenin ötesinde kanıtlanıyordu.

Dikkatli olmalıydım ve Miri'ye yolculuğumuzu en kısa zamanda yapmamız çok daha önemliydi.

Doğruca kuzenlerimizin kaldığı Bur Dubai'ye gittik. Bur Dubai'ye vardığımızda Kav ve Jai sakinleşmişti. Arabadaki olay hakkında hiç konuşmadık. Herkes gözle görülür biçimde sarsılmıştı ve kimse kazayı tartışarak yeniden yaşamak istemiyordu. Ben de bunun daha iyi olduğunu düşündüm ve gördüğüm hayaletin analizine kendimi bıraktım.

Negatif ruh çölde gerçekten çok güçlüydü. Çöl pozitiflikten çok negatiflik barındırıyor olmalıydı. Çöldeki pozitif ruhların negatif olanlara kıyasla çok daha zayıf olduğu aşikârdı. Kavgalar ve savaşlar geçmişte kalmış olsa da, o günlerde akan kötü kan, şimdiki neslin iyi eylemlerinin onları yok edemeyeceği kadar fazlaydı. Bu nedenle, iyi ile kötüyü dengelemek ve olumsuzlukları sonsuza dek bastırmak yıllar ve yıllar alabilirdi.

Kendimi negatif ve pozitif ruhlar arasındaki bu üstünlük mücadelesine kaptırmıştım. Neyse ki Mahmud benim tarafımdaydı ve sadece bu düşünce bile daha olumlu düşünmem için yeterliydi.

Sohar'a dönüş başka bir sorun yaratabilirdi. Çöl bölümünden kaçınmak istiyorsak Al Ain'den geçmemiz ya da doğu otoyolundan Fujairah'a gitmemiz gerekiyordu. Al Ain üzerinden yapılacak yolculuk, Buraimi sınırını geçmeden önce şehir içinde yavaş ilerlemeyi gerektirecekti. Mesafe yaklaşık kırk kilometre artacak ve yolculuk daha fazla zaman alacaktı.

Fujairah üzerinden geçen doğu otoyolu da benzer bir etkiye sahip olacaktır. Mesafenin yanı sıra, Kalba'daki sınır karakolu o kadar yavaş ki sadece çıkış damgası vurmak için bile çok zaman harcıyorsunuz.

Ama bu plan değişikliğini Kav ve Jai'ye nasıl açıklayabilirdim ki? Dolambaçlı bir yoldan gitmek için hiçbir bahaneye kanmayacaklardı. Onları paniğe sürüklemenin de bir anlamı yoktu.

Belki de risk almalı ve otoyolun iki yanında kum tepelerinin uzandığı yolun o bölümünden geçmeliydim. Alternatifler üzerinde uzun uzun düşündükten sonra aynı yoldan geri dönmeye karar verdim. Çok dikkatli olmalıydım ve çöl bölümünü mümkün olan en kısa sürede geçmeliydim.

Kararı verdikten sonra rahatladım. Jai ve Kav ile bu gezi sırasında Dubai'de yapmamız gereken diğer şeyler hakkında konuşmaya başladım. Onlar da hararetle tartışmaya katıldılar. Dubai Alışveriş Merkezi'ni ziyaret etmeye ve mümkünse Burj Khalifa'nın tepesine çıkmaya karar verdik.

O akşam Burj Khalifa'nın tepesine keyifli bir yolculuk yaptık. Tepeden manzara muhteşemdi. Dünyanın en yüksek noktasında olmak Everest Dağı'nı fethetmek gibiydi. Everest'in zirvesine ulaşmak günler alırdı. Ama burada çok yüksek hızda hareket eden bir asansörün içinde saniyeler içinde zirveye ulaşmıştık.

Dubai Mall'un içindeki manzaralar büyüleyiciydi ve Burj Khalifa'nın tepesinden manzara muhteşemdi. İçimizde bir başarı hissi vardı. Günü tamamlamak için Burj Khalifa'nın önündeki müzikli fıskiyeyi görme şansımız oldu. Müziğin yanı sıra dans eden su fıskiyelerinin de tadını çıkardık.

Alışveriş merkezindeki yemek alanında akşam yemeğimizi yedikten sonra Bur Dubai'ye döndük.

Ertesi gün çölü geçme korkum gece boyunca geri geldi. Çöl bölgelerinde kalabalık olmaması için sabah çok erken saatlerde seyahat etmeye karar verdim. Normalde öğleden sonra toplanmaya başlarlar. Umarım düşmanım da kalabalıkla birlikte dışarı çıkıyordur. Yolda ilerlediğime dair bir sezgiye sahip olamazdı.

Böylece sabah sekiz buçukta Sohar'a dönmek üzere yola çıktık.

Miri, Benim Şehrim

Bir ayın çok uzun bir süre olduğunu düşünmüştüm. Ama günler o kadar hızlı geçmişti ki, Uzak Doğu seyahatimizin zamanı gelmişti.

Seyahat planlarımızda bir değişiklik yapmıştık. Daha önce Maskat'tan Singapur'a olan rezervasyonlarımızı ben yapmıştım. Bu seyahat için Maskat'a geri dönmek yerine Kochi'den Singapur'a gitme fikrini veren Jai'ydi. Bu çok mantıklıydı. Kochi ve Maskat arasında gidip gelmekten kurtulabilirdik. Böylece onlar için Kochi'den Singapur'a rezervasyon yaptırdım ve Maskat'tan Kochi'ye seyahat etmek için kendime ek bir bilet aldım.

Bu arada Mansour'la da konuştum. Her ikisi için de her şey yolunda gidiyordu. Damla, Malezya'ya gitmeden önce İstanbul'daki amcası ve yengesiyle görüşmek istediği için birkaç günlüğüne uzaktaydı. Mansur bana Damla'nın yolculuk için çok iyi hazırlandığını söyledi. Lutong'da kaldıkları süre boyunca çekilmiş çok sayıda fotoğraf toplamıştı. Bu fotoğraflar birçok yeri tanımamıza ve belki de Damla'nın ailesinin bazı eski arkadaşlarıyla temasa geçmemize kesinlikle yardımcı olacaktı.

Bende de çok eski fotoğraflar vardı ama bunlar altmışlı yıllara aitti. Hala buralarda olmaları pek mümkün değildi. Eski hizmetçimiz Sari'nin ailesini bulabilseydim çok iyi olurdu. Bu harika bir keşif olurdu. Sari'nin çocukları ve torunları orada bir yerlerde olmalı. Buranın yerlileri olarak, eski binalarımızı bulmak için şehirde dolaşmak konusunda çok yardımcı olacaklardı.

Mahmud'un bize yerel kabilelerden yardım almakla ilgili söylediklerini hatırladım. Bunlar en eski pozitif ve negatif enerjilerin ruhlarına sahip insanlardı. İstenmeyen bir şey olması durumunda çok faydalı olabilirlerdi. Akşam yürüyüşlerim sırasında zihnim sürekli olarak Sari'nin akrabalarını nasıl bulabileceğime dair fikirler arıyordu.

Neyse ki Dubai'den Sohar'a dönüş yolculuğumuz olaysız geçti. Erken yola çıkma fikri gerçekten çok işe yaradı. Yolda herhangi bir şekilsiz şeklin izine rastlamadık. Bu benim için büyük bir rahatlamaydı.

Ancak Kav'ın gururlu tavus kuşuyla oynadığı bölgeden geçerken dükkanların etrafında toplanmış on-on iki kişilik bir kalabalık gördük. Bir an için Damla'ya benzeyen birini gördüğümü sandım. Araba yanımızdan geçerken, bu kadın yol yönüne baktı. Kısa bir an için kadının yüzünü gördüm ve zihnim Damla'nın burada ne aradığını sorguladı. Yanında biçimsiz bir şekil mi görmüştüm? Emin değildim.

O kısacık an boyunca, o kadın yanından geçerken beni görmüş olamazdı ama yine de yüzünde sanki o mesafeden beni tanımış gibi bir sırıtış olduğunu hissettim. 'Seni daha sonra götüreceğim' der gibi sırıtıyordu.

Ama aklıma gelince, Damla olduğunu düşünmekle hata ettiğimi anladım. Mansur'la Konya'da dolaşırken Damla'nın orada olma ihtimali yoktu. Belki de hani derler ya, birini düşündüğünüzde etrafınızdaki tüm yüzler o kişiye benzeyebilir. Bu da aynı insanları çok fazla düşünmekle ilgili bir durum olabilirdi. Bu hanım yerine başını bize doğru çeviren bir erkek olsaydı belki Mansur olduğunu düşünebilirdim.

Bu olayı çok fazla önemsemedim. Aslında dönüş yolculuğunun huzurlu geçmesi bizi çok rahatlatmıştı. Kav'ı memnun etmek için Hatta Fort Otel'de bir brunch yaptık. Ancak Dubai'ye giderken olduğu gibi bu sefer de otel konusunda çok titiz davranmadı. Yine de yemeğimizi yemeliydik ve bu güzel otelde yedik.

Bir hafta içinde Brunei ve Singapur vizelerini aldık ve Jai ile Kav için görev tamamlanmış oldu. O hafta sonu Kochi'ye geri dönmek üzere uçağa bindiler.

Büyük gün gelmişti. Memleketime ulaşacaktım ve geçmişe yolculuk için toplanmaya başladık. O zaman bunun neredeyse geçmişe bir yolculuk olacağını fark etmemiştim.

Viv bir gün önceden Singapur'a ulaşmış ve bizi karşılamak için havaalanında olacağını bildirmişti.

Ancak Mansur bize kötü haber verdi. Miri'ye birkaç gün geç ulaşacaklarmış. Halletmesi gereken bazı sorunları varmış. Miri'de buluştuğumuzda ayrıntıları benimle paylaşacağına söz verdi.

Bu bize Miri'de gerçek turistler gibi dolaşmak için iki gün kazandıracaktı ve bu da bize çok uygundu. Mansour'un karşılaştığı sorunların ciddi olmadığını umuyordum.

Ertesi gece Kochi'den Singapur'a giden Singapur Havayolları uçağına bindik. Uçuş çok güzeldi ve dört saat içinde dünyanın en işlek havaalanlarından biri olan Singapur'daki Changi Uluslararası Havaalanı'na iniyorduk.

Viv bizi bekliyordu ve formaliteleri oldukça hızlı bir şekilde atlattık. Uzun zaman sonra Viv ile karşılaşmak bizim için heyecan vericiydi. Eskiden yakışıklı bir bıyığı vardı ama artık yoktu. ABD'deki genel eğilime uymak için bıyıklarını kesmişti. Fiziksel olarak da zayıflamıştı ve bu da spor salonunda yaptığı egzersizlerin işe yaradığını kanıtlıyordu.

Jai'nin kız kardeşinin evinde kaldığımız süre olaysız geçti. Ertesi gün öğlen Miri'ye uçacağımız için etrafı gezmeye vaktimiz yoktu.

Nihayet öğleden sonra Miri Uluslararası Havaalanı'na indik. Miri uluslararası bir havaalanı olmasına rağmen, göçmenlik işlemlerini Kuching'de yapmamız gerekiyordu. Bu amaçla Kuching'de yaklaşık bir saatlik bir mola verildi.

Çocukluğumun şehrine, içinde olmayı çok hayal ettiğim şehre ulaşmıştık! O günlerde oldukça küçük bir şehirdi. Ama şimdi o kadar gelişmişti ki, yakın zamanda eski kasabaya şehir statüsü verildi.

Soon Hup Alışveriş Kompleksi'nin yanındaki Mega Hotel'de yer ayırtmıştık. Bu oteli boş zamanlarımızda alışveriş merkezinin etrafında dolaşabilmek için seçmiştim. Şehir merkezinin ana cazibe merkezi City Fan'dı. Otel havaalanından sadece yirmi dakika uzaklıktaydı ve City Fan neredeyse yürüme mesafesindeydi.

Şehir Yelpazesi, belediye tarafından büyük bir yelpaze şeklinde geliştirilmişti. Bu alanın içinde, ortasında bir amfitiyatro bulunan birçok bahçe oluşturmuşlardı. Tiyatronun solunda botanik bahçesi ve İslam bahçesi yer alıyordu. Sağ tarafta ise Çin bahçesi ve resmi bahçe bulunuyordu.

Tiyatronun önünde müzikli bir fıskiye, arkasında ise bir bilişim kütüphanesi vardı. Bir köşedeki halka açık yüzme havuzu ve yelpazenin girişindeki gezinti yolu güzel Şehir Yelpazesi'ni tamamlıyordu.

Akşam saatlerinde bu bölgeyi ziyaret ettiğimizde buranın güzelliği bizi gerçekten büyüledi. Farklı tarzlarda çok sayıda restoran vardı, bu da akşam yemeğini çok kolaylaştırdı.

Son iki gündür seyahat ettiğimiz için gece geç saatlere kadar ayakta kalmamaya karar verdik. Ancak yatmadan önce önümüzdeki iki gün boyunca ziyaret edeceğimiz yerleri konuştuk.

Turist danışma merkezi bize şehirdeki başlıca turistik yerlerin broşürlerini vermişti. Hiçbirimiz tüm bu yerleri koştura koştura gezmek istemiyorduk. Gördüğümüz zaman, onları düzgün bir şekilde görmeli ve her bir yerin önemini anlamalıydık. Seyahat süresini azaltmak ve gezi süresini artırmak için ziyaret edilecek yerleri mantıklı bir şekilde seçmeye karar verdik.

İlk gün, şehir merkezine seksen iki kilometre uzaklıktaki Niah Ulusal Parkı'nı ziyaret etmeyi planladık. İkinci günü ise şehir merkezine daha yakın yerlere ayırabilirdik.

İkinci gün için, otele otuz dört kilometre mesafede bulunan Lambir Tepeleri Milli Parkı'nı görmeyi planladık. Öğle yemeğinden sonra Lambir'den ayrılırsak, Grand Old Lady olarak bilinen ilk petrol kuyusunun yanındaki Kanada Tepesi'ni ve otelden yaklaşık altı kilometre uzaklıktaki bir aile parkı olan Taman Awam'ı görebilecektik. Akşam yemeği Tamu Muhibbah pazarında alışveriş ile birleştirilebilir.

Yukarıdaki ziyaretler Miri'deki pek çok güzel noktayı görmemizi sağlayacaktır. Ziyaret edemeyeceğimiz önemli bir nokta ise Gunung Mulu Ulusal Parkı'ydı. Mulu'ya sadece uçakla ulaşılabiliyor. Bu da Mulu'da bir gün kalmamızı gerektiriyordu, böylece devasa milli parkı tamamen görebilecektik. Daha çok yağmur ormanlarının geniş bir alanından geçen bir dağ patikasıydı. Orada birçok mağara vardı ve Api Dağı'nın kireçtaşı zirveleri görülmeye değerdi.

Şimdilik Mulu'nun videosunu izleyecek ve Mansour ve Damla gelene kadar yakındaki yerlere odaklanacaktık.

Ertesi sabah kahvaltıdan hemen sonra erkenden Niah Ulusal Parkı'na doğru yola çıktık. Direksiyonda ateşli bir sürücü olan Viv vardı. Arabayı kullanmaktan keyif alıyordu ve GPS'teki talimatları takip etmekte ustaydı. Ben hem GPS'i kullanıp hem de yola konsantre olamazdım. Umman'da yer bulmak için GPS'e hiç ihtiyaç duymadık. Yollar hiçbir sorun olmadan çok kolaydı.

Şehrin ve otoyolun kenarlarının güzelliğinin tadını çıkarmak için orta hızda seyahat ediyorduk. Hedefimize ulaşmamız neredeyse bir saat sürdü.

Bu değerli milli parkı görmek için Niah'a kadar gelmeye değdiğini kabul etmek zorundaydık. Dar bir nehri botla geçmek zorunda kaldık. 'Timsahlara Dikkat' uyarı levhası herkesi tedirgin edebilirdi ama neyse ki hiç timsah görmedik.

İskelenin hemen yakınında Niah mağaraları hakkında bilgi veren bir arkeoloji müzesi vardı. Oradan mağaranın ağzına kadar üç kilometrelik düzgün bir yürüyüş yapıldı.

Niah mağaralarını dolaşmak asla unutamayacağımız bir deneyimdi. Burası aslında birçoğu etrafa dağılmış mağaralardan oluşan bir kompleks. Bazılarının içi çok derin ve karanlık, korku ve dehşetin mezar hissini yayıyor. Yıllar önce barbar kelle avcısı kabileler ve vahşi hayvanlar yeryüzünde dolaşırken var olan kötülüğe işaret ediyor.

Ana mağaranın güneyinde yer alan Kain Hitam ya da boyalı mağara, eski bir mezarlık alanıdır ve mağaranın duvarları kireçtaşı kayaya oyulmuş resimlerle doludur. Tüm bunlar arkeoloji derneğinin bakımı ve güvenliği altındaydı. Mağaraları harika bir şekilde korumuşlardı.

Mağaraların ve resimlerin güzelliğine o kadar dalmıştım ki, aile üyelerimden ve diğer turistlerden uzaklaştığımı fark etmedim. Boyalı mağarada neredeyse yalnızdım. Mağaranın bir köşesinde bir dağ gördüm ve ne olduğunu kontrol etmek için ona yaklaştım. Merkezin verdiği bilgiye göre burası 40.000 yıl öncesine ait insan mezarlarından biri olmalıydı.

Tepedeki dağa dokundum ve birden mağaranın etrafımda döndüğünü hissettim. Yoksa ben mi mağaranın etrafında dönüyordum? Bana ne olduğundan emin değildim. Önümde birkaç sahne çok hızlı hareket ediyordu, sanki bir sinema salonunun içindeydim. Önümdeki ekranda kafamı karıştıran ve ne olduğunu anlamama fırsat vermeyen bir hızda hareket eden birkaç kare vardı. Neredeyse başım dönüyordu ve düşeceğimi sanıyordum.

İnsan ve hayvan sürüleri arasında bazen zalim, bazen sempatik bir dizi yüzün bulunduğu birçok eski yer gördüğümü hatırlayabiliyordum. Yüksek sesler tanımlayamadığım bir dilde sesleniyordu ama zihnime tanıdık geliyorlardı. Sanki o sahnelerin içinde yaşıyordum. Son hatırladığım şey, bir kılıcın bana doğru savrulduğu ve ardından elimi bineğimden çektiğim oldu.

Uyandığımda Jai, Viv ve Kav etrafımdaydı ve baygınlığımdan uyandırmak için beni itip kakıyorlardı. Beni sersemlemiş bir halde yerde yatarken görünce korktular ve ben de onları ciddi yüzleriyle görünce şaşırdım. Hemen hiçbir şey hatırlayamadım.

Onlara kısa bir süre baygınlık geçirdiğimi söyledim. Yolculuğun stresiyle tansiyonumun yükselmiş olabileceğinden endişelendiler. Onları hiçbir sorunum olmadığına dair teskin ettikten sonra mağaralardan çıktık. Dönüş yolunda, mağaranın içinde bayılmama neden olan olayları düşünmek için zamanım oldu.

Sanki o olaylar sırasında oradaymışım gibi bu tür sahnelerin aklıma gelmesinin garip olduğunu hissettim. Benim için neredeyse bulanık olan sahnelerin arka planı eski bir döneme aitti. Gördüğüm tüm imgelemleri hatırlamaya çalışıyordum, böylece olayları yeniden kurgulayabilir ve bundan bir mantık çıkarabilirdim. Bunlar da benim unutuluşa dönüş teorimin bir parçası mıydı?

Şehir merkezine dönüş yolculuğum sırasında, yaşadığım deneyimi ailemle paylaşmaya karar verdim, böylece herhangi bir acil durumda birbirimize yardımcı olabilmek için hepimiz bir arada olacaktık.

Düşüncelerimin içinde kaybolmuştum ve diğerleri beni rahatsız etmek istemiyordu. Ve sonra olan oldu. Bir virajı dönerken Viv biraz yüksek hızdaydı ve olası bir çarpışmayı önlemek için hız pistinde daha düşük hızda olan öndeki arabadan uzaklaşmak zorunda kaldı. Arabanın ani dönüşü ve frenleme etkisi arasında, öndeki araba ile bizimki arasındaki yolda onları gördüm - Dubai kum tepelerinde gördüklerime benzeyen iki şekilsiz şekil. Bir an panikledim ve neredeyse bağıracaktım. Ama neyse ki boğazım kuruduğu için sesim çıkmadı.

Arabayı geçtikten ve Viv yolu düzleştirdikten sonra görüntüler de kayboldu. Ama benim endişem olumsuzluğun beni takip ediyor olmasıydı. Acilen bir şeyler yapılmalıydı ki bu kabus gibi görüntüler önümde belirmekten vazgeçsin. Yarın bize katılacak olan Mansur ve Damla ile paylaşabilmemiz için nasıl bir yol izlememiz gerektiğini enine boyuna tartışmamız daha da gerekli hale gelmişti.

Kav'a doğru bir bakış attım. Yoldaki hayali görmüş müydü? Onun başına gelmemesini umuyordum. Takip ettiğim -daha doğrusu beni takip eden- bu rüyaya onun da dahil olmasını istemiyordum. Ama yüzü duygularını ele vermiyordu. Belki de hiçbir şey görmemişti. Eğer görseydi, ilk ağlayan o olurdu. Kendimi sakin hissediyordum.

Öğle yemeğini Niah'ta yemeyi planlamıştık. Öğleden sonra çoktan geç olmasına rağmen, olayların aniden değişmesi nedeniyle öğle yemeğinden önce mağara alanından ayrılmak zorunda kaldık. Bu yüzden yolda bir yemek mekanında durduk ve dinlendik. Viv için de yoldaki o kazadan sonra araba kullanmanın baskısından kurtulmak iyi oldu.

Tanidik Ruhlari Arayin

Çocuklar Malay yemeklerine çok çabuk alıştılar. Ancak Jai ve benim için vejetaryen yemeklerimizi aramak zorundaydık. Her neyse, günümüzde pek çok insan vejetaryenliğe yöneliyor; damak tadımıza uygun yiyecek bulmak sorun olmadı.

Güzel bir öğle yemeği ve yanında tuzlu bir tatlının ardından masanın etrafında rahatladık. O ana kadar herkes yemeğe odaklanmıştı ve kimse geçmişteki olaylardan bahsetmedi. Sessizliği bozmaya karar verdim.

'Size kendime sakladığım bir şeyi söylemek zorundayım. Kav bunun bir kısmını biliyor. Her şeyin bir an önce yoluna girmesini umduğum için sizi bu sorunların içine çekmek istemedim.'

Diğer üçüne baktım. Kav asık bir suratla duruyordu. Jai ve Viv şaşkınlıkla yüzlerini kaldırdılar.

İlk tepki veren Viv oldu. 'Sen neden bahsediyorsun baba? Ne gibi sorunlarınız var ve neden bize daha önce söylemediniz? Eğer Kav bunu biliyorsa, gerçekleri bizimle daha önce paylaşmalıydın' dedi.'

Onlarla yüzleşmek zorundaydım. "Dinle Viv. Başlangıçta büyük bir sorun değildi. Kendim çözmeye çalıştım. Ama burada yaşanan son olaylar bana bunun o kadar da kolay kaçabileceğim bir şey olmadığını kanıtladı. Bu yüzden size anlatmaya karar verdim ve en başından başlayacağım."

Hepsi beni dikkatle dinledi ve ben de en başından, garip rüyalarımdan ve dergide yazdığım makaleden başlayarak tüm olayları anlatmaya devam ettim.

Filmlerdeki geri dönüşler gibiydi. Tüm bu olayları düşündüğüm ve Mansour ve Mahmoud ile bu olaylar hakkında defalarca konuştuğum için, her şey sahne sahne çok kolay bir şekilde aklıma geldi. Üçü de orada oturup beni dinlediler ve anlatım sırasında hiç sözümü kesmediler.

Hikayemi mağaradaki sahnelerin ve yolda bana görünen hayaletlerin akışıyla bitirdim.

Ben konuşmayı bıraktıktan sonra bile birkaç dakika boyunca kimse konuşmadı. Sanki kurgudan daha garip olan gerçekleri özümsemeye çalışıyorlardı. Belki de Sohar'da bu kadar uzun süre yalnız kaldığım için delirdiğimi düşünüyorlardır diye düşündüm.

Ama sonra Kav imdadıma yetişti ve yazımı okuduktan sonra o günlerde neler hissettiğini ve safarimiz sırasında çölde neler gördüğünü anlattı.

Kav'ın iddiasının hikâyeme daha fazla inandırıcılık kazandıracağını umuyordum. Jai tüm merakıyla Kav'a ve bana bakıyordu. Her şeyi pratik olarak ele alan ve batıl inançlardan kaynaklanan fantezilere asla boyun eğmeyen bir kadındı. Tanrı'dan korkan ve çok dindar biriydi ve pratik olmamanın mantığının önüne geçmesine asla izin vermezdi.

'San, tansiyon haplarını almadığını düşünüyordum ve Niah mağarasında başının dönmesinin nedeni de buydu. Ve tabii ki o gün çöl kampında dans pistinden düşerek kendini sakar gösterdiğinde neredeyse gülüyordum. Seni gerçekten zorlayan bir şey olduğunu hiç düşünmemiştim. Şimdi duyduklarımdan dolayı hâlâ biraz şaşkınım.'

Kav'a Viv'in diğer arabadan akıllıca saptığı yoldaki hayaletleri görüp görmediğini sordum. Hayır, onları görmemişti. Bu onun için tamamen normaldi ve çölden gelen eski bir şey değildi.

Kav'ın kafasındaki bir şüpheyi daha gidermek istedim. 'Peki ya Dubai'ye giderken Prado'nun tepeden aşağı yuvarlandığını gördüğümüz gün? Herhangi bir hayalet gördün mü?'

'Hayır, hiçbir şey görmedim. Ama kazadan dolayı korkmuştum. Şanslıydık ki kum tepelerini ezerken başımıza böyle bir şey gelmemişti.'

Bu beni daha da rahatlattı. Kav'ın artık bu tür olumsuzluklardan etkilenmemesi iyi olmuştu. Mahmud'un da söylediği gibi, daha uzun süre olumluluk alanında kaldığı için ruhu yeterince olumlulukla şarj olmuş olmalıydı. Artık olumsuz düşünceler aklına gelmiyordu. Bu da beni bu karmaşadan kurtulmak için yeniden şarj edilmesi gereken tek kişi haline getiriyordu.

Şimdiye kadar sessiz kalan Viv sözü devraldı. 'Baba, bütün bunlar gerçek olmaktan çok hayal gibi görünüyor. Anlattıklarınızı sindirmem mümkün değil. Enerjinin hayalet şeklinde ortaya çıkabileceğine inanmaya meyilli değilim. Sanki bir İngiliz korku filmi izlemişsiniz ve filmdeki sahneleri bilinçaltınızda yeniden yaşıyormuşsunuz gibiydi.'

Viv'in agnostik olduğunu ve her zaman kendi doğruluk duygusuna güvendiğini biliyordum. Kendisiyle ilgili her şey hakkında kendi fikrini oluştururdu.

'Viv, çok iyi biliyorsun ki ben de bu sözde mistik olaylar hakkında seninle aynı şekilde düşünüyorum. Ama benim için iyi huylu bir rüya olarak başlayan şey, tahmin edebileceğimden çok daha fazla dallanıp budaklandı. Rüyalarımın ardından gerçekleşen bir dizi olay fikrimi değiştirmeme neden oldu. Onlara inanmak zorundaydım çünkü hayatımı etkiliyorlardı ve bu durumdan bir şekilde kurtulmalıydım.'

Viv ikna olmamıştı. 'Pozitif ve negatif enerjilerin varlığına katılıyorum. Bazı durumlarda etkiyi hissedebiliriz ama bunu görmek neredeyse imkânsızdır.'

'İşte tam da bu yüzden Mansour'la birlikte bilgili bir adam olan büyükbabasıyla tanışmaya gitme zahmetine katlandım. Şimdi onun tavsiyelerine uymam gerektiğine ikna oldum. Her neyse, yolumuzun dışında bir şey yapmamıza gerek yok.'

Viv başıyla onayladı. Benimle birlikte oynamaya karar vermiş gibi görünüyordu. 'Tamam, sana katılıyorum. Mahmud Amca'nın söylediklerinin doğru olduğunu varsayalım. O halde henüz tasarladığınız yere ulaşmamışsınız gibi görünüyor. Senin için bu yolculuğun amacı Mahmut Amca'nın önerdiği gibi ruhunu asıl kaynağından pozitiflikle şarj etmekti. Onun bilgisine göre, sizin için önemli olan bölgede seyahat ettiğinizde ruhunuz otomatik olarak yenilenmelidir. Miri'de iki gün boyunca dolaştıktan sonra bile meydana gelen olaylara baktığımızda, bunlar ruhunuzun hala yetersiz şarj edildiğine işaret ediyor. Bu yüzden kökeninizin tam olarak nerede yattığını bulmalıyız.'

"Bunu şimdi nasıl bulacağız?" Hemen sunabileceğim hiçbir ipucu yoktu.

'Seria'da doğduğunuzu söylüyordunuz. Belki de oraya gitmeliyiz.' Gerçekte nerede doğduğuma dair bilgimi sorgulayan Jai oldu.

"Seria'da bir hastanede doğdum. Ama bu kökenimin orası olduğu anlamına gelmez. Ailemin o günlerde nerede olduğunu bilmeliyiz. Bildiğim kadarıyla babam Miri'de Sarawak Shell Petrol Şirketi'nde çalıştığı için Miri ve Lutong'daydık. Annemi doğum için Seria'ya götürmüş olmalılar, çünkü oradaki hastane iyiydi." Ona Miri'deki önceki yaşamımız hakkında bildiklerimi anlattım.

Viv bir öneride bulundu. 'Baba, dolaştığımız tüm bu alanlar yeni oluşturulmuş ya da modernize edilmiş eski yerler. Miri'deki bazı eski yerleri dolaşmalı ve ortamın sizi nasıl etkilediğini görmeliyiz. Yerleri bulmak için bilgi merkezinin bize verdiği haritaya bakalım' dedi.

Sonra Kav açtı. 'Haritaya bakmaya gerek yok. Grand Old Lady ilk ziyaret edilecek yer olmalı. Orası ilk petrol kuyusudur ve herkesin ilgisini çeken bir yerdir. Petrol kuyusu, tüm Miri Şehri'ni gören Kanada Tepesi'nde. Oraya gidelim ve neler olacağını görelim.'

Viv hemen Kav ile aynı fikirdeydi ve restorandan ayrıldık.

Herkes öğle yemeği için restorana girdiğimizden daha iyi bir ruh halindeydi. Karşılaştığım sorunları onlara açtıktan sonra ben de kendimi çok iyi hissediyordum. Artık onlarla tartışabilir ve üç beynin daha fikirlerine yaslanabilirdim.

Kanada Tepesi, Miri Şehrine bakan ve Miri ve çevresinin mükemmel manzarasını sunan kireçtaşından bir sırttı. Grand Old Lady Malezya'daki ilk petrol kuyusudur; Canada Hill'in tepesinde yer almaktadır. Petrol kuyusu artık üretimde değildi ve şimdi Malezya hükümeti tarafından ulusal bir anıt olarak korunuyordu.

Miri Şehri'nin genel manzarasını görebileceğimiz gözlemevi platformuna gittik. Petrol Müzesi yakınlarda olsa da, şu anki misyonumuz gezmekten başka bir şey olduğu için bu bizde herhangi bir ilgi yaratmadı.

Etrafta dolaştık ve daha sonra Miri şehrini ve ötesini görebilmek için etrafımıza bakındık. Şehrin doğu tarafına, Lutong'a giden yolun üzerinden Seria'ya doğru bakarken gözlerimde bir seğirme hissettim. Her nasılsa, bu bölgelerin üzerinde, şehrin batı yakasında olmayan haleler hissedebiliyordum.

Viv'e batı ve doğu arasında belirli bir fark hissedip hissetmediğini sordum. O da olağandışı bir şey hissetmedi ve Jai ile Kav da aynı şeyi hissettiler. Sonra onlara ne hissedebildiğimi ve özellikle de doğuya, Lutong'a ve ötesine doğru bir çekim izi olduğunu anlattım.

O sırada Kav'ın telefonda heyecanla konuştuğunu fark ettim. Konuşmayı kestiğinde hepimiz şaşkınlıkla ona baktık.

'Doğrulandı. Baba, sen Brunei'de Seria'da doğmuşsun ve senin kökenin de aynı yer. Büyükbabam o günlerde Seria'da çalışıyormuş ve ancak sen doğduktan sonra Lutong'a taşınmışlar. Bu yüzden bu gizemi sona erdirmek için Seria'ya gitmeliyiz.' Kav konuşmasını bir solukta bitirdi.

Tüm bu detayları nasıl bu kadar hızlı anlatabildiğine hepimiz şaşırmıştık. Sonra bize Shanti Teyze ile konuştuğunu söyledi. Kav'ın telefon etmeyi hatırlaması çok zekiceydi. Biz saçmalıklardan bir anlam çıkarmaya çalışırken o sağduyusunu kullandı.

Bu bilgi bizim için büyük bir rahatlama oldu.

'Yarın akşam Mansur ve Damla Miri'ye ulaşacak. Sonra onlarla birlikte yarından sonraki gün Seria'ya gidebiliriz. Bu yolculuğu yaptıktan sonra, eğer Mahmoud haklıysa, nihayet normale dönmüş olacağım,' diyerek genel programımızı diğerlerine açıkladım. Tanıdık ruhları arayışım iki gün içinde sonuçlanacaktı.

Otele dönmeden önce pazar yerini ziyaret etmeye karar verdik. Tamu Muhibbah kaldığımız yere sadece iki kilometre uzaklıktaydı. Bu da yerel pazarlık ve mal satma sistemini görmemizi çok kolaylaştırdı.

Ziyaret bizim için çok iyi bir deneyim oldu. Yaklaşık iki saat boyunca pazar yerinde dolaştık. Kav ve Jai de kendi zevklerine göre bazı şeyler satın alabildiler.

Burası, Miri bölgesi ve çevresindeki köylerden her ırktan insanın gıda maddelerini satmak ve yerlerinde eksik olanları almak için geldikleri yerdi. Pazar çok canlıydı ve aklımızdaki diğer tüm endişeleri unutarak biraz zaman geçirebiliyorduk. Farklı renk ve şekillerdeki çok çeşitli meyveler gözler ve zihin için rahatlatıcı bir manzaraydı.

Akşam yemeği pazarın yakınındaki yemek parkından alındı. Dünyanın dört bir yanından farklı mutfaklar sunan bu yemek parklarını görmek güzeldi. Çok sayıda turistin yemek parkı alanında toplandığını ve damak zevklerine uygun yemeklerin tadını çıkardığını görebiliyorduk. Biz de kendi zevkimize göre yemekler alabiliyorduk.

Günün yorgunluğunu atmadan önce ertesi gün ziyaret edeceğimiz yerleri tartıştık. Yanımızdaki bilgi formunu inceledikten sonra sabah seansı için Lambir Hills Ulusal Parkı'nı, öğleden sonraki seans için de bir aile parkı olan Taman Awam'ı seçtik. Lambir otelden otuz dört kilometre uzaktayken, Taman Awam altı kilometre uzaklıktaydı. Mesafe açısından bu iki nokta planlarımıza uyuyordu. Akşam altıya kadar otele dönmek istiyorduk, böylece aynı saatlerde inecek olan Mansour ve Damla ile biraz zaman geçirebilecektik.

Ertesi gün bizi çok zinde ve Lambir Hills Ulusal Parkı maceramız için hazır bulduk. Araba kullanmak Viv için çok kolaydı, oysa benim için alışık olmadığım araçları kullanmak kolay değildi. Bu yüzden direksiyonun başında yine Viv vardı ve bizi sabahki hedefimize yönlendirdi.

Lambir Hills, ormanda trekking yapmaktan, şelalelere dalmaktan, böcekleri, vahşi yaşamı ve bitkileri görmekten keyif alan macera severler için ideal bir yerdi. Parkın girişindeki reklam bizi doğaseverlerin hayallerindeki gerçek deneyime hazır olmamız için karşıladı.

Parkta birçok trekking parkuru vardı. Ancak biz herhangi bir trekking yapmak için hazırlıklı değildik. Bunun yerine zamanımızı çeşitli bitki yaşamının güzelliğinin tadını çıkararak geçirdik. Parkta 1.050 farklı ağaç türü ve 1.200 böcek türü olduğu bilgisini aldık.

Latak isimli şelale çok güzeldi. Lambir Tepesi'nden çağlayarak akıyor ve dibinde trekkingcilerin serinlediği büyük bir havuz oluşturuyordu.

Bazı çiçekler gerçekten olağanüstüydü. Bu çiçeklerin dünyanın başka bir yerinde görülebileceğinden şüpheliydim. Her zaman yağmur ormanlarını görmeyi düşünmüştük ve gerçekten de susuzluğumuzu ve merakımızı giderebilirdik. Etrafımızda gökyüzüne doğru yükselen devasa ağaçlar vardı; gökyüzünü hiç göremediğiniz birçok yer vardı. Yeşillik büyüleyiciydi.

Boş midelerimiz öğle yemeği vaktinin çoktan geldiğini duyurmak için davullarını çalmaya başlayana kadar zamanın farkında değildik.

Ağır bir mide ve serin, tatmin olmuş zihinlerle, aile parkı olan Taman Awam'a gitmek üzere milli parktan ayrıldık. Yolda Viv arabayı hızlandırmamaya çok dikkat etti, yoksa şekilsiz arkadaşlarımın unutuluşun diğer tarafındaki istenmeyen görüntüsüyle karşılaşabilirdim.

Öğleden sonraki gezi için gideceğimiz yerin seçimi konusunda çok tartışmıştık. Genelde çocuklar bir aile parkının diğer eğlence parkları gibi kasvetli ve sıkıcı olacağını düşünüyorlardı. Ancak sonunda otelimize çok yakın olduğu için Taman Awam'da karar kıldık.

Ancak parkta bizi bekleyen şey hiç de ummadığımız bir şeydi. Bölge çok canlı ve renkli bir görüntüye sahipti. Parkın öğleden sonraki koşuşturması bile moralimizi çok yükseltti.

Su parkının üzerindeki asma köprü, botanik bahçeleri, koşu parkurları, taş oymalar ve heykeller ve gözlem platformuna giden yolun üzerindeki heybetli ahşap yürüyüş yolu, mevcut zaman içinde görebildiğimiz cazibe merkezlerinden birkaçıydı. Park çok büyük bir alanı kaplıyordu.

Yakındaki tüm eğlence noktalarını gezdikten sonra, bir sonraki adımı düşünmeden önce biraz dinlenmek için bir büfenin önünde durduk.

Dans eden kızın eteğine binmeyi kabul ettiğim için neredeyse kendime lanet edecektim. Maceralı bir yolculuğa çıkmanın ruh halim için iyi olmadığını çok iyi biliyordum ama çocuklarımın ve Jai'nin alaylarına boyun eğdim. Onlar tarafından bir tavuk olarak etiketlenmek istemediğim için Jai'nin yanındaki koltuğa tırmandım, Viv ve Kav ise arkamızdaki başka bir koltuğa oturdular. Diğerleri için keyifli olan yolculuk benim için bir kâbusa dönüştü.

Başlangıç sakin bir olaydı. Etek hızlandı ve yanlara doğru hareket ederken bir aşağı bir yukarı gitmeye başladı. Diğerlerinin mutlu bir şekilde çığlık attığını gördüm ve bu basit görünen sürüşün tadını kendim de çıkarabileceğimi düşündüm. Sonra her şey oldu.

Başım dönmeye başladığında beni panik kapladı. Çığlık atmak istedim ama sesim çıkmadı. Resimler gözlerimin önündeydi ve yüksek bir hızla teker teker yuvarlanıyorlardı.

Başlangıçta o resimlerden hiçbir şey seçemiyordum. Resimlerin ya da sahnelerin hareketi büyük bir hızla gerçekleşiyordu. Sonra bunun tekrarlandığını fark ettim ve üçüncü ya da dördüncü seferde bu resimlerden bir şeyler çıkarabiliyordum.

İlk resimlerde sadece ışıklar ve çarpma sesleri vardı. Sonra yeşil ormanlar ve etrafta dolaşan devasa hayvanlar vardı. Sahneler hayvanlardan, aborjinlere benzeyen, yetersiz giyimli insanlara dönüştü. Birbirlerini öldüren ve rakiplerinin kafalarını kesen vahşi adamlara dönüştüler. Sonra etrafta dolaşan birçok medeni insan vardı, kısa süre sonra atlara biniyor ve büyük savaşlar yapıyorlardı.

Manzaralar hızla değişmeye devam etti, ormanlar yerini kulübelere ve ardından evlere bıraktı. Atlar eski model arabalara dönüştü ve insanlar toprağı kazarken bu kuyulardan siyah bir sıvı akıyordu. Sonra gökyüzünde çığlıklar atan, ateş topları püskürten uçaklar vardı. O bölgenin her yerinde büyük yangınlar çıktı, birçok evi ve insanı yuttu. Aniden her şey sakinleşti ve sıradan insanlar bir anda ortaya çıktı.

Sonra insanların ten rengi siyah tenliden beyaz tenliye, oradan da kahverengi tenliye doğru değişti ve sonunda sahnedeki bazı insanları tanıdığımı sandım.

Rüya sekansının arka planında bir aşinalık olduğunu ve tanıdık yüzlerin bana doğru ilerlediğini fark etmeye başladığımda bilincimi kaybetmiş olmalıyım.

Bildiğim bir sonraki şey, Jai'nin beni uyandırmak için dürtüklediği, yolculuğun sona erdiğini ve koltuklardan kalkmamız gerektiğini söylediğiydi. Uyuduğumu düşünmüş olmalı ki, etek bu kadar hızlı giderken, bir aşağı bir yukarı hareket ederken bile nasıl uyuyabildiğimi yorumladı. Sersemlemiş bir halde ringin dışına ve yere doğru adım attım.

Hafıza bankamdan silinmeden önce gördüklerimi hatırlamaya çalıştım.

Bir önceki gün Niah mağaralarında yaşadıklarımın bir tekrarı olabilirdi. Aradaki tek fark, orada gözlerimin önünde beliren sahnelerden hiçbir şey çıkaramıyordum, burada ise daha anlaşılır ve belirgindi. Sanki mekanın tarihi boyunca ilerliyordum, ileri sarma modunda gösterilen bir film gibiydi.

Yüksek hızlı bir geri dönüştü.

Doğum Yerine Dönüş

Üst üste ikinci gün, kendi hayallerimin kurbanı olarak seyahatimizin ortasında otele dönüyordum. En azından bu sefer zihnimden geçenler hakkında çok net bir resme sahiptim.

Olayı ailemle tartışmadım çünkü zihnimdeki resimlerin bilinçaltımdan silinmeden zihnimde sağlam kalmasını sağlamak istiyordum. Bu, durumu daha iyi analiz edebilmek için çok önemliydi.

Otele vardığımızda Mansur'dan gelen bir mesajla odamızın bitişiğindeki odada olduklarını öğrendik. Bu harika bir haberdi. Tüm bu dramın önemli oyuncuları arama ve araştırmamızda bize katılmıştı.

Onları dahili telefondan aradım ve otelin restoranında bizimle birlikte akşam yemeği yemeye davet ettim.

Hızlıca elimizi yüzümüzü yıkadıktan sonra dördümüz de restorana vardık. Kav ve Viv benim anlattıklarımdan tanıdıkları bu genç Türk çiftle tanışmak için sabırsızlanıyorlardı.

Yarım saat içinde hepimiz restoranda buluştuk. Uzun bir aradan sonra Mansour ve Damla'yı görmek gerçekten çok sevindiriciydi. Çok geçmeden Viv, Mansour ile yakınlaştı ve Kav da Damla ile hararetli bir şekilde konuşmaya başladı. Yemek masasına oturduk ve onlar da birbirlerine yakın koltuklar seçtiler.

Yemeklerimizi sipariş ettik. Her birinin kendine özgü damak tadı vardı ve çok geçmeden masamızda bir dizi farklı yemek belirdi. Yemek yerken, Miri'ye ulaşmamızdan sonra yaşanan olayları anlattım. Taman Awam'da dönen eteğe binerken aklımdan geçen sahneleri anlatmak için zaman ayırdım.

Sahneleri anlattığımda dinleyiciler hayretler içinde kaldı. Asıl soru, bu sahnelerin neden ve nasıl zihnimde belirebildiğiydi. Çoğu şeyin, doğduğum ve hayatımın ilk dönemlerinde bu bölgelerde yaşadığım gerçeği dışında benimle hiçbir bağlantısı yoktu.

Sanki Miri'nin tarihini yeniden yaşıyor gibiydim. Tarihin özeti, etrafında yüksek bir hızla seyrettiğim bir küre şeklinde bana aktarılıyordu.

Mansur söze başladı: 'Görünüşe göre senin ruhun, yüzyıllar boyunca bu bölgede var olmuş ruhların pozitif ve negatif enerjilerinin bir karışımı. Dubai'deki olaylardan rahatsız olan zihniniz, şimdi benzer yapıdaki ruhlara ya da ruhunuzun unutuluşun diğer tarafındaki bir parçasına açık olmaya meyilli. Eteğin yüksek hızda dönmesi dizinin önünüzde belirmesini tetikledi. Unutuşa dönüş teoriniz bu olayla birlikte daha da kutsallık kazanıyor.

"Ben de Mansour'un analizini destekliyorum." Bu sözlerin sahibi, kızarmış tavuk budunu mideye indirmeyi henüz bitirmiş olan Viv'di. 'Mansour'un fikri bugüne kadarki tartışmalarımıza mantıklı geliyor. Bunu takip etmeliyiz ki herhangi bir olumsuzluk içindeki boş alanları ele geçirmeden önce ruhunu daha fazla benzer pozitif enerjiyle doldurduğumuzdan emin olalım.'

'Bu da yarın için planladığımız seyahati daha da önemli kılıyor. Ne kadar erken yola çıkarsak o kadar iyi.' Endişemi gizleyemiyordum. 'Neyse ki Seria çok yakın ve sınır kontrol noktasından sorunsuz bir şekilde geçebilirsek bir saat içinde oraya varabiliriz.'

"Baba, Damla ne olacak?" Bu Kav'ın yeni arkadaşı için endişelendiğini gösteriyordu. "Hepiniz Damla'nın ruhunu da yeniden şarj etmemiz gerektiğini unutmuş gibisiniz. Babamın karşılaştığından daha fazla sorunu olan kişi oydu."

Şu ana kadar sessiz kalan Jai de konuşmaya katıldı. 'Damla, eski memleketine ulaştıktan sonra kendini nasıl hissediyorsun? Belirli bir değişiklik var mı? San'ın bugünlerde gördüğü gibi hayaller ya da rüyalar görüyor musun?'

Damla başını salladı. "Hiçbir değişiklik yok. Şu anda kendimi gayet iyi hissediyorum. Kim bilir ne zaman değişecek! Burada geçirdiğimiz günlerde kaldığımız yeri biliyorum. Seria'dan döndüğümüzde o bölgeye gidebiliriz, böylece belki ben de şarj olabilirim. Her halükarda eski evimi ve komşularımı görmek isterim. Belki o insanlar hala oradadır, belki de şehrin son zamanlardaki modernleşmesi tüm manzarayı ve sakinlerini değiştirmiştir."

Mansur kesin bir ifadeyle, 'Bu her şeyi çözer' dedi. Damla'nın memleketine yapacağımız yolculuğu Şeria'dan dönene kadar erteleyebiliriz. Önümüzdeki önemli görev Seria'ya gidip orada bizi nelerin beklediğini öğrenmek.'

Konuyu Miri'yi gezmek ve ailem için uzun zamandır beklenen Türkiye gezisi gibi daha güzel şeylere çevirdik. Kapadokya'da kalmaktan bahsediyorlardı. Konuyu kendi ülkesine çevirdiğimizde Mansur çok konuşkan oldu. Damla zamanının çoğunu ülke dışında geçirdiği için Türkiye'deki yerlerden pek haberdar değildi. Ancak Mansur, kendisine Türk insanının güzelliğini ve yiğitliğini anlatan büyükanne ve büyükbabasını dinleme avantajına sahipti.

Odalarımıza çekildiğimizde saat geç olmuştu. Çocuklar çok hevesliydi, yarınki geziyi dört gözle bekliyorlardı ve zihinlerinde İstanbul ve Kapadokya'nın güzel görüntüleri vardı. Jai'nin yüzündeki endişeli ifade onun zihnini de yansıtıyordu. Belki de Seria'ya yapacağımız yolculukta bizi neyin pusuya yatırmış olabileceği konusunda biraz temkinli olan tek kişi bendim.

Seria, Brunei Sultanlığı'nın önemli şehirlerinden biriydi. Petrol zenginliği ile gelişmişti. Shell 1929 yılında petrol kuyularını açmış ve kasabanın büyümesini sağlamıştı. Brunei sultanı artık dünyanın en zengin kişilerinden biriydi. Ülke, bu bölgeye akın eden gurbetçi işçilere çok yüksek maaşlar sunuyordu.

Sabah erkenden yola çıkmıştık. Amacımız Seria kasabasını dolaşmak ve daha sonra Brunei'nin başkenti Bandar Seri Begawan'a gitmekti. Buraya kadar gelmişken başkentin güzelliklerini görmeden dönmek mantıklı değildi.

Seria, Miri'den sadece altmış kilometre uzaklıktaydı ve yol üzerinde Lutong kasabasını geçtik. Brunei'den döndükten sonra buraya gelmeye karar verdiğimiz için bu kasabada fazla vakit geçirmedik.

Yol çok bakımlıydı ve Mansour ve Viv için bu yolda araba kullanmak heyecan vericiydi. Direksiyona sırayla geçtiler. Güney Çin Denizi boyunca ilerliyorduk ve karşı taraftaki yeşil tropik ormanların doğal güzelliği büyüleyiciydi. Bu bana Ras Al Khaimah sınırından Umman'ın Musandam vilayetindeki Khasab'a yaptığımız yolculuğu hatırlattı. Otuz dört kilometre boyunca bir tarafta masmavi deniz, diğer tarafta ise çorak dağlar vardı.

Göçmen kontrol noktası Miri şehir merkezine yaklaşık otuz kilometre uzaklıktaki Sungai Tujuh'daydı. Malezya göçmenlik noktasını geçtikten sonra, Brunei göçmenlik kontrol noktasına ulaşmak için virajlı yollardan düz bir şekilde ilerledik. Pasaportlarımızda vizelerimiz zaten damgalıydı ve Mansour ve Damla için sadece giriş damgası verdiler. Tüm süreç birkaç dakika içinde sona erdi. Brunei hükümeti ülkelerine daha fazla ziyaretçi çekmek istiyordu ve bu nedenle göçmenlik prosedürlerini çok basit hale getirmişti.

Kuala Belait kasabasını ve özellikle de eski BMP hastanesini gezmeyi ihmal etmedik. Bu benim doğduğum hastaneydi ve çok emin olmasam da hastaneye yakın bir evde kalmıştık. Tüm bölge çok değişmiş olmalı. Ancak bu eski kasabanın çevresinde bulundukça kendimi daha iyi hissediyordum. Belki de Mahmoud'un Konya'da yaptığımız konuşmalarda beynime doldurduklarının psikolojik bir etkisiydi bu. Mahmoud'un ruhların evrimi teorisine yürekten inanıyordum. Bu bizim normal bir hayata kavuşmamız için yol göstericimizdi.

Zihnim buranın etrafındaki ruhların pozitif enerjisinin görüntüleriyle dolduğu için kendimi çok mutlu hissediyordum. Farkında olmadan, etraftaki yeşil havayla birlikte ruhları da içime çekmek istercesine derin nefesler alıyordum. Bu kasabada daha önce kaldığıma dair bir anım olmadığı için hiçbir şey bana tanıdık gelmiyordu. Kuala Belait'te yarım saat geçirdikten sonra Bandar Seri Begawan'a doğru yola çıktık.

Başkent Seria'dan yaklaşık 127 kilometre uzaktaydı. Arada bir kahve molası vererek Brunei'nin güzel başkentine öğle yemeği için zamanında ulaştık.

Hızlı bir öğle yemeği yedik ve ardından Brunei'nin bu güzel başkentini görmek için yola koyulduk. Etrafta her şey temiz ve düzenliydi. Yollar adeta pırıl pırıldı, bu da sık sık temizlendiğini gösteriyordu. Orta Doğu ülkelerinde olduğu gibi, şehrin basit yol sistemlerinin ve anıtlarının bakımı için anlaşmalı temizlik şirketleri olmalı. Brunei'deki deneyimimiz, hükümetin sadece başkentle değil, Seria gibi banliyölerle de ilgilendiğini kanıtladı.

Yanımızda fazla zamanımız olmadığından, ayrıntılı bir gezi yapmak için içeriye girmek için zaman harcamak yerine, dışarıdan belirli ilgi çekici yerleri görmek için şehri dolaşmaya karar verdik.

Kampung Ayer, kazıklar üzerine kurulu yirmi sekiz köyden oluşuyor. Bunlar Sungai Brunei nehrinin iki kıyısında yer almaktadır. Yağmur mevsiminde, nehirden gelen sular nehrin kıyılarını taşırır ve köyler neredeyse su içinde kalır. Bu nedenle Kampung Ayer, Su Köyü olarak da biliniyor.

Sultanın resmi ikametgahı olan Istana Nurul Iman'ın (İnanç Işığı Sarayı) yanından geçtik. Bu sarayla ilgili şaşırtıcı gerçek, bu yerde 257 banyo inşa edilmiş olmasıdır.

Omar Ali Saifuddin Camii, sultanın sanata ve kültürü korumaya olan sevgisini sergileyen harika bir mimari eserdir. Adını şimdiki sultanın babası olan Brunei'nin yirmi sekizinci sultanından almıştır.

Brunei Müzesi ve Kraliyet Regalia Müzesi gibi yerel halk için çok önemli olan birçok müzenin önünden geçtik. Bir zamanlar İngiltere'nin sömürge dönemi yüksek komiserlerinin ikamet ettiği ve sultanlığın ayakta kalan en eski binası olduğu söylenen bina bile artık Brunei ile İngiltere arasında uzun süredir devam eden özel ilişkiye adanmış bir müze. Bu müze On İki Çatı Evi olarak bilinmektedir.

Malay Teknoloji Müzesi, Ratna Dina Arif Galerisi, Kampung Ayer Kültür ve Turizm Galerisi gibi daha birçok bilgi kalesi vardı. Zaman darlığı nedeniyle tüm bu ortak ilgi alanlarını atlamaya karar verdik.

Sonunda Brunei'nin en büyük camisi olan Jame'Asr Hassanil Bolkiah Camii'ne ulaştık. Cami, mevcut sultanın yirmi beşinci saltanat yılı anısına özel bir tasarıma sahip; 1992 yılında inşa edilmiş. Sultan hanedanın yirmi dokuzuncu sultanı olduğu için kompleks yirmi dokuz altın kubbe ile süslenmiştir. Zarif tasarımıyla dört mozaik döşemeli minare, caminin uzaktan genel görünümüne hakimdir.

Mansur namaz kılmak için caminin içine girmek istedi. Hepimiz başımızla onayladık. O içeri girerken biz de caminin güzelliğini özümsemek için etrafında tembellik ettik. Damla Mansur'la gitmek konusunda isteksizdi. Damla'nın namaza gitmek istememesini tuhaf bulmuştum. Bildiğim kadarıyla o bir ateist değildi. O zaman isteksizliğinin sebebi neydi? Ama Mansur ısrar edince onunla birlikte gitti.

İçeride fazla vakit geçirmediler. Mansur caminin hiç kalabalık olmadığını ve namazlarını çok hızlı bitirebildiklerini söyledi. Ancak daha sonra bana Damla'nın düzgün bir şekilde namaz kılmasına izin vermediğini itiraf etti. Hızlıca dışarı çıkmak için ısrarcı ve kararlıydı. Sanki caminin duvarları arasında neredeyse boğulacak gibiydi.

O sırada dönüş yolculuğumuz için geç olmuştu. Güneş batıya doğru gitmiş, ufuk çizgisi kırmızı ve sarı çizgilerle dağılmıştı. Yakında hava kararacaktı. Gece araba kullanmaktan endişe duyan tek kişi benmişim gibi görünüyordu.

Benim endişelerim farklıydı. Karanlık, şekilsiz şeklin üzerimdeki ya da belki Damla üzerindeki etkisini geri getirebilirdi. Seria'yı dolaşırken pozitif ruhlarımla -dengeli bir düşünme sürecini yansıtan iç huzurumla- yeniden şarj olduğumdan neredeyse emindim. Ancak Damla söz konusu olduğunda aynı güveni hissetmiyordum. Camiye girmeyi reddetmesi ondaki olumsuzluğun bir etkisine işaret ediyordu. Damla'nın zihni yanlış yöne sapmadan önce Lutong'a ulaşmaya çalışmalıyız.

Herhangi bir olumsuzluk yaşanması durumunda en iyi seçeneğimiz Damla'nın kökenlerinin bulunduğu Lutong'un çevresine girmek olacaktır. Olumlu ya da olumsuz, ruhunun ana parçaları benim Seria'da olduğum gibi Lutong civarındaki bölgede gizleniyor olmalı. O yıllarda ailesinin başına iyi şeylerin geldiği yerlere yakın olmaya çalışarak zihninin ve ruhunun pozitiflikle dolmasını sağlayabilirdik.

Lutong'a ulaşmadan zihnimin huzur bulmayacağından emindim.

Dönüş yolunda yaşadığımız olaylar endişelerimde haklı olduğumu kanıtladı. Neyse ki olaylar Brunei sınırını geçip Malezya'ya girdikten sonra başladı. Terörün ilk çizgileri bizi vurduğunda iki sınır karakolu arkamızdaydı.

Tarihe Karişmiş

"**A**RABAYI DURDUR!" Vahşi çığlık neredeyse Viv'in arabayı yolun sol tarafına doğru sürmesine neden oluyordu. Ama bir şekilde arabanın kontrolünü elinde tuttu ve yavaşça yolun bir tarafına çekti.

Çığlığı duyduğumda biraz uykum vardı; bu beni tamamen uyandırdı. Hem Jai'nin hem de Kav'ın hayatlarının şokunu yaşayacaklarından emindim.

O kadar yüksek sesle bağıran Damla'ydı. Mansur, Damla'ya ne olduğunu görmek için arkasına baktı. Bir şeyler geveleyip duruyordu. Anlayabildiğim kadarıyla arabadan inmek istiyordu.

Pencerenin yanında oturduğu için araba durduğu anda kapıyı açtı ve arabadan indi. Mansur ön koltuktan indiğinde Damla koşmaya başlamıştı.

Hepimiz o kadar şaşkındık ki durumun ciddiyetini kavrayamadık. Sadece Mansur kendini toparlamış görünüyordu ve Damla'nın arkasından koşmaya başladı.

Etrafımıza karanlık çökmeye başlamıştı. Ama Lutong'un ışıklarını çok yakından görebiliyorduk. Bu şartlar altında en azından biraz rahatlamıştık. Damla şehre doğru koşuyordu.

Viv arabayı çalıştırdı ve önümüzde koşan figürlerin arkasına geçti. Viv çok düşünceliydi. Her ne sebeple böyle bir şey yapmayı düşünmüş olursa olsun hepimizin Damla'nın arkasından koşmamızın bir anlamı yoktu. Onlara ulaştığımızda Mansur Damla'yı yakalamıştı ve onu sakinleştirmeye çalışıyordu.

Düşüncelerim tersine döndü. Damla'yı Konya'daki sema salonunda da aynı telaşla koşarken görmüştüm. Daha sonra orada bize, kendisini koşmaya iten bir tür enerji olduğunu hissettiğini itiraf etmişti. O sırada öyle bir panik havası yaratmıştı ki, ardından yaşanan arbedede birçok kişi yaralanmıştı. Burada en azından yolda kimse yoktu ve şansımıza arkamızda başka bir araç da yoktu. Eğer trafik yoğun olsaydı durum daha farklı olabilirdi.

Mahmud'a inanmak gerekirse, Damla ruhunu şarj etmek için can atıyor olmalıydı, bu da onu çılgına çevirebilirdi. Bu yüzden Lutong kasabasının içine girmek ve onu uzun zamandır ailesiyle birlikte yaşadığı yere götürmek bizim için önemliydi.

Ya da ruhuna daha fazla olumsuzluk girmiş ve bu da onu bir şeye ya da birine karşı çılgına çevirmiş olabilir.

Mahmud'un teorisine göre herkesin ruhu hem negatif hem de pozitif enerjilerden oluşur. Bir insanın kötü karakteri ruhundaki olumsuzluktan kaynaklanırken, olumlu enerji ise kişiye lütufkârlık verir. Pozitiflik ne kadar fazla olursa, kişi o kadar iyi davranır.

Zihnim biraz çılgına döndü.

Acaba Mansur ve Damla Konya'dayken de benzer bir durum yaşanmış ve bu yüzden planladığımız günde seyahat edememiş olabilirler miydi?

Dubai gezimizden dönerken Dubai kumullarında gördüğüm figür gerçekten Damla'nın kendisi olabilir miydi? Muhtemelen şüphelerimde haklıydım.

Damla'nın davranışlarında şimdiye kadar bildiklerimizden daha fazla gerçek olabilir miydi? Bizden bazı gerçekleri saklıyor olabilir mi? Belki de Lutong'daki geçmişinin bazı karanlık yönleri olabilirdi.

En başından beri onunla her karşılaştığımızda doğruyu söylüyor gibi görünüyordu. Eğer bir şeyler saklıyor olsaydı, Mahmoud basiret duygusuyla bunları kolayca bulabilirdi. Ruhların evrimine hepimizden daha yakındı ve teorisine olan sarsılmaz inancı, karşılaştığı herhangi bir kişiden tüm gerçeği öğrenmesine yardımcı olurdu. Konya'da pek çok kişiye psikolojik danışmanlık yapmasına yardımcı olan şey de buydu. Yani Damla'nın Mahmut'tan sakladığı bir sır olamazdı.

Mansur'un Damla'yı arabanın içine itmeyi başardığını fark ettiğimde aklım şimdiki zamana döndü. Bu sefer o Damla'nın yanına oturdu, Kav da ön koltuğa geçti. Ben en arka koltuktaydım ve ön koltuk kaldırılmadıkça hareket edemiyordum. O sırada koltuk ile arka kapı arasında sıkışıp kaldığım için çaresizlik hissi yaşadım. Dışarıdan yardım almadan arabadan çıkamazdım. Bu, gerçek hayatta kimsenin içinde olmak istemeyeceği bir durumdu.

Damla sakinleşmişti ya da ben öyle hissediyordum. Hareket etmeye başladığımızda, onun tekrar tekrar arkasına baktığını gördüm. Bana mı yoksa benden öteye mi baktığını anlayamıyordum. Yüz ifadesi sanki aklında hiçbir şey yokmuş gibi neredeyse bomboştu. Ama bu donuk ifadeye rağmen gözlerinde bir tür intikam duygusu sezebiliyordum.

Bu bölgelerde geçmişini yeniden mi yaşıyordu? Belki de biriyle tanışmıştı ya da nefret ettiği, daha doğrusu ruhunun tiksindiği birinin varlığını hissetmişti. Negatifliği pozitifliğine kıyasla daha üstün görünüyordu. Ruhunun geçmişindeki olumsuz kısımlar zihninin kontrolünü ele geçirmeden önce ruhunu nasıl olumlulukla yeniden şarj edebileceğimizi düşünmemiz gerekiyordu.

O anda hararetle Mahmoud'un burada bizimle olmasını diledim.

Belki de Mahmud'un hemen bize katılmasını istemek hiç de kötü bir fikir değildi. Mahmoud bu tür şeylerin nasıl kontrol edileceğini bizden daha iyi bilirdi. Onunla kıyaslandığında biz sadece kreşteki çocuklardık.

Jai, Viv ve Kav tamamen sessiz kaldılar. Bu kızı o kadar sevmişlerdi ki, kişiliğindeki ani değişim onları bir sonraki adımın ne olacağını merak etmeye itmişti. Kav, Damla'nın yanında oturduğu için Damla'nın davranışlarından paniğe kapılmış olmalıydı.

Lutong'a geçtiğimizde Damla uyuyakalmış, başını Mansour'un omuzlarına yaslamıştı.

Viv, Lutong'da durup durmayacağımızı sormak için başını Mansour'a doğru çevirdi. Ama Mansur ona doğruca Miri'deki otelimize gitmesini söyledi.

Damla'yı uykusunda rahatsız etmek istemediğimiz için arabayı sessizce sürdük.

Otele vardığımızda Damla uyandı. Normal görünmesine rağmen oldukça yorgundu. Bir saat önce başına gelenleri hatırlamıyor gibiydi. Bu yüzden bugünlük dinlenmeye ve sonraki planlarımıza karar vermek için sabah buluşmaya karar verdik.

Zihnim son olayları gözden geçiriyordu ve Damla'nın keskin gözlerinde kaynayan bir intikam ifadesi taşıyan araştıran gözleri önümdeyken derin bir uykuya daldım.

Tüm kasaba, sultanın asi Dayakları kontrol altına almak için Miri'ye gönderdiği küçük ordunun pusuya düşürülmesiyle çalkalanıyordu. Devriye ekibi yirmi beş genç adamdan oluşuyordu. Brunei Sultanı, Miri ve çevresindeki insanların yağmalanması ve öldürülmesinden çekiniyordu. Dayaklar kelle avcılığı alışkanlıklarını bırakmış olsalar da, başkalarıyla barış içinde yaşama anlamında henüz medenileşmemişlerdi.

Pusu haberi sultanı çok kızdırdı ve suçluları ezmek için tam bir ordu göndermeye karar verdi. Ancak bu kanlı bir savaşa yol açacak ve pek çok masum hayat feda edilecekti. İçişleri Bakanı'nın taktiksel zekâsı sultanın kana susamışlığına galip geldi ve tek kişilik bir ordu olarak bilinen ve devletin ciddi sorunlarını tek başına çözmekte usta olan Abdül Rehman'ı göndermeye karar verdiler.

Abdul Rehman, Dayakların köyüne bir köylü kıyafetiyle ulaşmıştı. Neredeyse bir ay boyunca Dayaklarla birlikte yaşayarak, Dayakların hala asi ve barbar olmalarının nedeninin klanın sözde büyücüsü olan Sera Seri adındaki kadın olduğunu anlamıştı.

O gün Dayaklar Sera Seri'yi bambu kulübesinin içinde ölü buldular ve nereden geldiği belli olmayan köylü köyden kayboldu.

Aşırı terleyerek uyandım ve boğazımın kuruduğunu hissettim. Ne gördüğümü hatırlamaya çalıştım. Rüyadaki figürler hala gözlerimin önünde dans ediyordu. Zihnim Sera Seri ve Abdul Rehman isimleriyle zonkluyordu.

Bu garip rüyanın neden aklıma geldiğini anlayamıyordum. Bu insanların benim hayatımla hiçbir bağlantısı olmadığı için bana hiçbir anlam ifade etmiyordu. Daha fazla düşünmeden susuzluğumu gidermek için ayağa kalktım. Buzdolabından aldığım soğuk su kavrulan boğazımı anında rahatlattı.

Jai'yi ürkütmek istemediğim için yatağa geri döndüm. Rüya ve içindeki karakterler tuhaftı. Ama bir şekilde onlara yakınlık hissediyordum. Hayatımın bir döneminde ya da muhtemelen geçmiş yaşamımda onlarla karşılaşmış olmalıydım.

Abdul Rehman Brunei'den geliyordu ve Sera Seri Miri'de yaşıyordu. Benim kökenim Brunei'ydi ve Damla da Miri ya da Lutong'dan geliyordu. Bir bağlantı var mıydı? Ruhların evrimi geçmişi günümüze bağlamada rol oynamış olabilir.

Damla'nın intikamı bana yönelik olabilir miydi? Konya'da benimle iletişime geçmek için beni seçmişti. O zaman bize beni Dubai çölünde gördüğünü söylemişti. Belki de bundan daha fazlasıydı.

Belki de Sera Seri, Abdül Rehman'ın peşindeydi!

Zihnim dans eden, çığlık atan Dayaklarla doluyken uyuyakalmışım.

Sarawak'ın beyaz racası James Brooke, küçük Miri kasabasını ziyaret ediyordu. Normalde Sarawak'ın başkenti Kuching'de, sarayının olduğu yerde kalırdı. Bu nedenle Miri halkı onun ziyaretini kutlanacak bir olay olarak görüyordu.

Beyaz raca kasabanın tüm sakinleri tarafından çok seviliyordu. Ancak yine de ormanda medeniyeti henüz kabul etmemiş bazı asi klanlar vardı. Brunei sultanının bu kabilelerle pek çok sorunu vardı ve James Brooke onun Sarawak'ı yönetme talebini kabul edince biraz rahatladı. James tüm isyanları bastırmak için demir bir el ile yönetti. Ülke normale döndü ve vatandaşlar barış içinde yaşamayı öğrendi.

Ancak Miri kasabası ve çevresinde huzursuzluk yaratmak için dolaşan yerel kabile Iban'dan bazı çok tehlikeli unsurlar vardı. O günkü kutlamaları altüst etmeyi planlamışlardı. Etrafında askerleri olan rajah'a ulaşamayacaklarını biliyorlardı. Ancak askerlerin dikkatini başka yöne çekmek için kesinlikle bir kargaşa yaratabilir ve böylece racaya yakın kişilere saldırma şansı elde edebilirlerdi. Öldürdükleri bir kişi bile şefleri tarafından ödüllendirilecekti.

Aralarında en vahşi olanı Seleme adında bir kadındı. Erkekler bile onun gazabından korkardı. Her türlü pusuda ya da saldırıda daima ön saflarda yer alırdı. Şimdi de racayı ya da en azından onun yardımcılarından birini hedef alıyordu. Ama Miri'nin şefinin Sadık Yüzüğü'nün ne kadar zeki olduğunu bilmiyordu. Bilindiği gibi Sadık Halka, Brunei sultanı tarafından gönderilen özel askerlerden oluşuyordu. Bu, sultanın devletin iyi yönetilmesi için verebileceği yardımdı.

Brunei'ye çok yakın olan Miri, her zaman sultanın gözünde bir leke olmuştu. Dolayısıyla onun için, kendi ülkesinin kalkınması için sınır bölgelerinin huzurlu olması gerekiyordu. Sadık Halka Seria'da geliştirildi ve Miri şefinin korunması için ödünç verildi.

Onlar, racanın ziyareti vesilesiyle patlak veren belanın kokusunu almış ve fesatçıları takip etmişlerdi. İbanlar saldırıya geçemeden, Sadık Halka'nın askerleri onları buldu ve köylü satıcıların kıyafetlerini giyen on kişiyi kordon altına aldı. Eğer teslim olsalardı, hayatları bağışlanabilirdi. Ancak vahşi İbanlar asla teslim olmadılar ve askerlerle savaştılar. Teker teker hayatlarını kaybettiler.

Sadık Halka'nın efendisi Abdul Lahiri, kurnaz Selame'nin karşısına çıktı. Bir erkeğin kıyafetlerini giydiği için Lahiri onun bir kadın olduğunu hiç fark etmedi. Ancak hançeri kalbine saplandığında kadın feryat edince, bir kadının canını alarak korkunç bir hata işlediğini anladı. O zaman artık çok geçti ve kadın adamın kollarında son nefesini veriyordu. Ama Salamah'ın mavimsi koyu gözleri son sözlerini söylerken ona bakıyordu. Lahiri'nin anlayamadığı Iban dilinde konuşuyordu.

O gece ikinci kez uykumdan uyandım. Bu kez, 'Tekrar görüşmek üzere' sözleri kafamın içinde titreşiyordu. Rüyamda ne gördüğümü hatırladım. Yine karakterlerin benim hayatımla hiçbir bağlantısı yoktu ya da ben öyle sanıyordum. Ama Seleme'nin son sözleri kafamın içinde gümbürdüyordu. Rüyada, kimsenin anlayamayacağı anlamsız şeyler söylüyordu. Ama zihnimde sanki bir otomatik çevirmen varmış gibi anlam kazanıyordu.

Rüyalarımda birbiriyle bağlantısız gibi görünen olaylar sanki gözümün önünde cereyan ediyordu. Uzun süre düşündükten sonra bulabildiğim tek mantıklı bağlantı, her iki olayda da Miri'li bir kadının Brunei'li bir adam tarafından öldürülmüş olmasıydı. Kadın iğrenç suçlara karışmıştı, adam ise devletin intikamını alan biriydi.

Net bir şekilde hatırladığım mekân geçmişlerine bakılırsa, olaylar uzun yıllar arayla gerçekleşmişti. Rüyamın ikinci kısmı, ilkine göre daha medeni bir ortamda, yani muhtemelen bir ya da yarım yüzyıl sonra gerçekleşmiş olabilirdi.

Mahmud açısından baktığımda, negatif ruhlar kadınlarda çok daha belirgindi ve pozitif yükler erkekleri yönetiyordu. O dönemlerde pozitiflik daha medeni olan Brunei'den gelirken, Miri ormanları negatifliğe yakınlık sunuyordu.

Benim kökenimin Brunei'de, Damla'nın kökeninin ise Miri ya da Lutong'da olduğu düşüncesi beni ürpertiyordu. Benden intikam alıyor olabilir miydi? Salamah'ın son sözleri gerçekleşiyor muydu? "Tekrar görüşmek üzere!"

Arabada bana bakan o intikamcı gözleri hatırladım. O zaman Damla'nın benden ötede bir yerlere baktığını, birini aradığını düşünmüştüm. Şimdi ise ürpererek beni hedef aldığını fark ettim.

Beni Dubai çöllerinden memleketine nasıl da akıllıca çekmişti!

Şimdi kaçmanın yolu neydi? Damla'nın olumsuz karakterini nasıl olumluya çevirebilirdik ki Salamah ve Sera Seri'nin intikamını unutabilsin?

Artık uyuyamıyordum. Brunei ve Miri'nin olaylı tarihinden daha fazla karakterin peşime düşmesinden korkuyordum. Sera Seri ve Salamah, önümüzdeki birkaç gün boyunca huzurumu kaçırmak için yeter de artardı bile.

Bu durumda yardım isteyebileceğim tek bir kişi vardı.

Aramızda neredeyse yedi saatlik bir zaman farkı vardı. Yani hâlâ uyanık olmalıydı. Cep telefonumu aldım ve aramaya başladım.

Dayak Bahçeleri

Kahvaltı için buluştuk. Damla'yı izliyordum, ama o her zamanki gibi hoştu. Dün yaşanan talihsiz olaylardan hiçbir iz yoktu. Yaşadığı kargaşaya dair hiçbir anısı yok gibiydi.

Diğer herkes Damla'nın tekrar şiddete başvurmaması için ona karşı çok normal davranmaya özen gösteriyordu.

"Peki bugün ne yapacağız?" Günün programına karar verebilmemiz için diyaloğu ben başlattım. Benim de kendi planlarım vardı. Ancak bunları başlangıçta sunmak istemedim. Sanki başkaları önermiş gibi onlara sunarsam daha iyi görünürdü. Damla'ya bizim, daha doğrusu benim, onun içindeki bölünmüş kişiliğin farkında olduğumuzu düşünme şansı vermemeliydim. Bu durum sorunları daha da karmaşık hale getirebilirdi.

"Ben her şeye hazırım.' Bu söz Viv'den geldi.

"Ben de baba," diyerek Viv'i destekledi Kav.

İçlerinden en azından birinin aklımdaki şeyi önermesini umuyordum. İkisi de beni hayal kırıklığına uğrattı. Ama sonra Jai imdadıma yetişti.

'San'ın doğduğu yeri gördük. Ama bu güzel Damla'nın ailesiyle birlikte bu güzel şehirde nerede yaşadığını henüz görmedik. Benim oyum Damla'nın evine!'

İçimden bir oh çektim. İçim rahatlamıştı. Şimdi Damla'nın nerede yaşadığını anlamamız gerekiyordu. Bu soruyu ona yöneltmiş olsaydım, olumsuz davranma ihtimali vardı ve belki de içindeki kişilik ortaya çıkacaktı. Jai aklımdan geçenleri söylediğine göre Damla'dan olumlu bir yanıt bekliyordum. Uzun mesafeli danışmanım yanlış yapamazdı.

Herkes Damla'ya bakıyordu. Başlangıçta yüzünde boş bir ifade vardı. Ama sonra geniş bir gülümsemeye dönüştü. Şimdi aynı eski güzel Damla'ya benziyordu.

"Ben de size eski evimi ziyaret etmek istediğimi söyleyecektim. Aradan geçen on yıl içinde birçok şey değişmiş olabilir. Ama orayı görmek çok güzel bir deneyim olurdu."

'Nerede bu yer? Yakınlarda mı, yoksa Lutong'a mı gitmemiz gerekiyor? Mansur sonunda ağzını açtı.

"Lutong'da. Derme çatma ahşap evlerde kalıyorduk. San o evleri biliyor. O da onlardan birinde kalıyordu. Sanırım aynı bölge olabilir. Bana bakmak için durakladı. 'Evinizin önünde bir orman olduğunu söylemiştiniz. Hizmetçi kızımız biz oraya gelmeden yıllar önce evimizin önünde bir orman olduğunu söylerdi. Ormanlık alanların çoğu yeni şehir kurmak için temizlendi."

'O zaman aynı yer olmalı. Ama oranın adını hatırlamıyorum. Oradan ayrıldığımızda sadece altı yaşındaydım. Artık Damla ile konuşmaya cesaret edebiliyordum. Yeni bir histeri krizine girmesinden korkmamıza gerek yoktu. En azından şimdilik o aşamayı geçmiş görünüyordu.

"Burası Dayak Bahçeleri olarak biliniyor," diye espri yaptı Damla. 'Orman daha önce Dayakların evi olduğu için, hükümet herkese oranın Dayaklara ait olduğunu ve diğerleriyle birlikte yaşamaya hakları olduğunu hatırlatmak istedi. O bölgedeki pek çok ev, rehabilitasyon sürecinin bir parçası olarak Dayaklara ücretsiz olarak verildi. Aksi takdirde, -özür dilerim- isyan eder ve diğerlerinin hayatlarını perişan ederlerdi. Ancak rehabilitasyon süreci sayesinde hepsi mutlu. Pek çok şeyi sübvansiyonlu fiyatlarla alıyorlar. Dayak Bahçeleri'nin önündeki alanda yaşarken de durum böyleydi.'

Bir dil sürçmesi olsa da, Dayak isyancılarından bahsederken biz kelimesini kullandıktan sonra onlar olarak değiştirdiğini fark ettim. Bilinçaltımız bazen bize pek çok oyun oynayabiliyordu. İstemeden kasıtlı olmak gibi bir şeydi bu.

O sırada telefonum çaldı. Yerel bir numara olduğunu görebiliyordum. Kim olabileceğini merak ettim. Diğerlerini hareketlerimden şüphelendirmek istemedim, bu yüzden aramanın Dubai'deki patronumdan geldiğini söyleyerek beni mazur görmelerini istedim.

Restoranın dışında dururken aramayı cevapladım. Yabancı biriydi. "Sen Morning Times'a fotoğraf koyan San mısın?"

Morning Times'ın tek sayfalık tabloid gazetesine verdiğim ilana yanıt alabildiğim için mutluydum. Eski hizmetçimiz Sari'nin oğlu Ahmed Bin Menser'in fotoğrafı yanımdaydı; bir şekilde onlarla iletişime geçebilmek için yanımda taşımıştım. Mahmud'un sözlerini hatırlamış ve yerel Dayakların karşılaştığımız sorunlar için bir aydınlanma kaynağı olabileceğini düşünmüştüm. Şans benden yana olduğu için çok hızlı bir yanıt aldım.

"Ben Altaf.' Kişi kendini tanıttı. 'Ahmed Bin Menser benim babam. Babamın genç yüzünü gazetede görmek güzeldi.'

Bu sözleri duyunca çok heyecanlandım. Ama nasıl olmuştu da ilanı bu kadar çabuk görmüştü?

'Altaf, günaydın. Bu kadar çabuk cevap vermen çok hoş. Babanı hatırlamasam da hep büyükannen Sari'yi düşünürdüm. Ben çocukken bana o bakardı. O şimdi nasıl ve baban nasıl?'

"Büyükannem çok yaşlı. Ama hala keskin bir beyni ve görme yeteneği var. Babam iyi ama evde kalıyor. İkisi de seni gördüğüne çok sevinecek, San."

'Şimdi neredesiniz? Birbirimizle nasıl ve ne zaman görüşebiliriz?'

"Morning Times gazetesinde çalışıyorum. İlanı bu kadar hızlı görmemin nedeni buydu. İlanı vermek için doğru yeri seçmişsiniz. Siz bana nerede olacağınızı söyleyin, ben de sizinle buluşmak için oraya gideyim."

'Mega Otel'de kalıyoruz. Ama şimdi Dayak Bahçeleri'ne doğru hareket edeceğiz. Bizimle orada buluşabilir misiniz? Sizinle de konuşmam gerekiyor. Daha sonra babanı ve Sari'mi görmeyi planlayabiliriz.'

Altaf bizimle bir saat sonra Dayak Bahçeleri'nde buluşmayı kabul etti.

Adımlarımı restorana doğru geri atarken zihnim hızla çalışıyordu. Damla'yı tekrar pozitif yüklü bir insan haline getirmek için bu fırsatı nasıl değerlendirmeliydim? Mahmud'un telefonda söyledikleri kulaklarımda yankılanıyordu. Damla'nın zihninde en ufak bir şüphe zerresi bile uyandırmadan, rahat ve nazik bir şekilde oynamalıydım. Eğer bir şeyin kokusunu alırsa, kendi haberi olmadan bile şiddete başvurabilirdi.

Büyük ekmek parçalarını, tereyağını, haşlanmış sebzeleri ve tavuk nugget'ları mideye indiren çeteye gülümsedim. Onlara patronun sadece merhaba demek ve tatilimizde her şeyin yolunda gidip gitmediğini kontrol etmek için aradığını açıkladım.

On beş dakika içinde otoparkta buluşmaya karar verdikten sonra odalarımıza doğru yola çıktık.

Dayak Bahçeleri'nin yakınındaki kazıklar üzerindeki evlerin görüntüsü altmışlı yılların anılarını canlandırdı. Burası, ormandaki uzun otları baş ve işaret parmağı arasında tutulan lastik bantlardan ateşlenen silahlar olarak kullanarak sahte çete savaşları yaptığımız yerdi. Evler hafızamdakilerle aynı görünse de o günlerde hangisinin bizim evimiz olduğunu çıkaramıyordum. Etrafta iyi yollar ve ev sıraları arasında güzel bahçeler ile bölge çok değişmişti.

Annemden kaçmak için kazıklar üzerindeki evin altına nasıl girdiğimi çok az hatırlıyordum. Evin zemini ile altındaki kum arasındaki küçük boşluktan başka kimse geçemezdi.

Dayak Bahçeleri'nin yeni yerleşim yeri, kazıklı evlerin bulunduğu caddenin hemen önündeydi. Hafızama kazınan uzun otlardan oluşan orman artık orada değildi. Çimler yerini betona bırakmıştı.

Damla'ya baktım. Diğerlerine evini ve mahalleyi anlatıyordu. Tanıdık bir çevrede olmanın heyecanı içindeydi. Bu bölgede çok güzel zamanlar geçirmiş olmalıydı. Çocukluğuna dönmek kimi heyecanlandırmazdı ki?

Şimdi onun kökeninin tam olarak nerede olduğunu anlamamız gerekiyordu. Anne ve babası Damla'nın doğumundan önceki yaşamlarını nerede geçirmiş olabilirlerdi? Bu çok önemliydi. Bu bölgede dolaşırken, kişiliğinde herhangi bir değişiklik olup olmadığını anlamak için onu dikkatle izlemem gerekiyordu.

Dün telefonda dedesiyle konuştuklarımın özünü Mansur'a zaten aktarmıştım. Böylece nelere dikkat etmesi gerektiğinin farkındaydı.

Asıl sorun, olumsuzlukların onun ruhuna nereden girdiğini bulmaktı. Ailesi iyi bir geçmişe sahipti ve Konya'da saygı görüyorlardı. Sarawak'tan döndükten sonra Konya'ya yerleşmişler ve şehrin diğer sakinleriyle iyi geçinmeye başlamışlardı. Dolayısıyla Damla'nın genetik olarak anne ve babasının iyi huyunu almış olması gerekirdi ki bu doğruydu. Ancak içsel kişiliği, Lutong'daki kökeni sırasında ruhu tarafından emilen negatif yükler tarafından geliştirilmişti.

Gördüğüm imgelemlere bakılırsa Damla'nın ebeveynleri Dayakların bölgesinde uzun zaman geçirmişlerdi, burası Dayak Bahçeleri olabilirdi. Artık soyu tükenmiş olan bu orman, Damla'nın ruhunun evriminin anahtarını barındırıyor olabilir. Belki de Altaf, babası ve büyükannesi aracılığıyla bize yardım edebilirdi. Bu düşünce kendime daha çok güvenmemi sağladı. Nihayet, Mahmud'un söylediği gibi, Damla'nın ruhunu tamamen pozitif yüklü hale getirebilecek bir bilgi kaynağı olabilirdi.

Cep telefonumun çalmasıyla dalgınlığımdan uyandım. Arayan Altaf'tı. Dayak Bahçeleri'nin önündeydi. Telefonla onu yönlendirdim ve sonunda birbirimizle tanıştık.

Yanımdaki fotoğrafta babasına çok benziyordu, yakışıklı bir gençti. Dayak kökenli olmasına rağmen şehrin diğer sakinleriyle iyi uyum sağlamıştı. Sari'yi ve bambudan yapılmış kulübelerde yaşadığı için sahip olduğu bambu kokusunu hatırladım. Bu kokuyu çok severdim. Sari'yi zihnimde net bir şekilde görebiliyordum.

Diğerlerine Altaf'ı tanıttım ve onu nasıl bulduğumu anlattım. Hepsi eski bağlantılarımla buluşabildiğim için çok mutluydu.

Damla'nın yüzünde bir anlık bir değişiklik görüp görmediğimden emin değildim. Belki de sadece ben düşünmüştüm ama sanki tanıdığı ve sevmediği birini görmüş gibiydi. Gözlerindeki o tuhaf bakış bir anda geçti ya da ben hep bunu düşündüğüm için belki de sadece benim hayal gücümdü.

Evlerin arasında dolaşmaya başladık. Mansur ve Altaf'ın gerisinde kalmayı başardım. Diğerleri Damla'nın çocukluk yıllarıyla ilgili anlattıklarına kendilerini kaptırmışlardı.

Kısacası Altaf'a Lutong'a geliş amacımızı ve Damla ile yaşadığımız sorunları anlattık. Altaf, pozitif ve negatif enerjilerle yüklü ruhlarla ilgili hikâyemizi duyunca şaşırdı. Sanat ve İngiliz edebiyatı eğitimi almış biri olarak tüm bunlar onun kavrayabileceğinin ötesindeydi.

Ancak Altaf bizi Dayakların geçmişine ışık tutabilecek babası ve büyükannesine götüreceğini garanti etti. Belki onlar Sera Seri ve Salamah'ın tarihini biliyorlardır.

Altaf, çocukken büyükannesinin ona anlattığı kötü ruh hikayelerini hatırladı. Kötü ruh olarak adlandırdıkları şey negatif enerji olabilirdi ve hikayelerdeki kahramanlar pozitif enerjinin taşıyıcılarıydı.

Bu yüzden bir sonraki durağımız Altaf'ın evi olmalıydı. Altaf öğle yemeğini evinde yemek için ısrar etti. Çocuklar Sari'nin evini ziyaret edecekleri ve yerel yemekleri tadacakları için çok heyecanlıydılar. Viv ve Kav her zaman her mutfağın tadına bakmaya hazırdı. Onların politikası, farklı kültürleri anlamak için en az bir kez denemekti. Onlar için bir ulusun kültürünü tanımak mideden geçer.

Dayak Bahçeleri'nden Altaf'ın evine giderken ben Altaf'ın arabasıyla gittim. Diğerleri de onu takip etti, Viv her zamanki gibi sürücü koltuğundaydı.

Yirmi dakika içinde Altaf, Ahmed ve Sari'nin evine ulaştık. Hepsi birlikte kalıyorlardı. Dayak hanedanlığından hiçbir iz taşımayan modern bir evdi.

Oturma odasına girdiğimizde ilk dikkatimi çeken şey duvarda asılı bir fotoğraf oldu; anne babamın ve biz çocukların çok eski bir fotoğrafı! Diğerlerine bu fotoğrafı gösterdim.

'Bu, babam ve büyükannem için en değerli fotoğraflardan biri. Bana aileniz hakkında çok şey anlattılar.' Altaf fotoğraf hakkında yorum yapmakta gecikmedi. "Şu yaramaz bakışlı küçük çocuk sen olmalısın, San."

Altaf'la aynı fikirde olarak başımı salladım. Bizim evde de benzer bir fotoğraf vardı.

Etraftaki koltuklara oturduk. Sonra Ahmed Menser odaya girdi. Etraftaki herkesle selamlaşıp tokalaştıktan sonra hepimize kendini tanıttı. Bize annesinin uyuduğunu ve yaklaşık on dakika içinde uyanacağını söyledi. Annesi yaşlıydı ve onun düzenini bozmak istemiyordu. Bu arada Altaf'ın annesi bize meyve suyu ikram etti.

Küçük gruplar halinde aramızda konuşuyorduk. Her zamanki gibi Kav ve Viv Damla ile birlikteydi ve Jai de Altaf'ın annesiyle sohbete dalmıştı. Böylece biz dört erkek odanın bir köşesinde bir arada kaldık.

Altaf, büyükannesinin sadece biraz İngilizce konuşabildiğini anlamamızı sağladı. Onunla karşılaştığımızda, anlamını tam olarak kavrayabilmemiz için sözlerini bizim için tercüme edecekti. Bu bizim için çok önemliydi çünkü Sari'nin Dayakların tarihi hakkındaki bilgisinden maksimum düzeyde faydalanmak istiyorduk. Damla'nın garip davranışlarının nedenini mutlaka anlamamız gerekiyordu.

Sonra Ahmed ayağa kalktı ve bizden kendisini Sarı'nın odasına kadar takip etmemizi istedi. Onunla birlikte oturma odasının bitişiğindeki odaya girmek için sıraya girdik.

İşte oradaydı, benim yaşlı Sari'm, karyolada oturmuş bizim gelmemizi bekliyordu. Geçmişten gelen misafirleri konusunda onu çoktan uyarmışlardı. O da beni gördüğüne aynı derecede sevinmişti. Yanına gittiğimde alnıma bir öpücük kondurdu.

Sari bana yarı İngilizce yarı Malayca sordu: 'Annenle baban nasıl? Onları çok severdim.'

Annemle babamın Sari'ye ne kadar değer verdiğini biliyordum. "İkisi de artık bu dünyada değil, Sari. Babam 2005 yılında, annem ise 2008 yılında aramızdan ayrıldı. Bizi yalnız bırakmak zorunda kaldıklarında ikisi de seksenli yaşlarının başındaydı."

Sonra olan oldu. Damla yüksek bir çığlıkla Sarı'nın üzerine atıldı. Mansur ya bunun olacağını tahmin etmişti ya da hızlı refleksleri vardı ki Damla'yı Sari'ye ulaşamadan yakaladı. Mansur o anda Damla'yı zapt etmeseydi neler olabileceğini düşünmeye cesaret edemedim.

Mansur onu güçlü bir şekilde kucakladı ve Türkçe sakinleştirdi. Yavaş yavaş öfkesi yatıştı ve normal hislerine geri döndü. Mansur onu odadan dışarı çıkardı.

Sari'nin yüzü ciddiydi. Ama bir süre sonra geniş bir gülümsemeye büründü ve hepimize selam vermeye başladı. Sonra Altaf'ın annesi öğle yemeğinin hazır olduğunu duyurdu.

Viv'e diğerlerini yemeğe götürmesini ve Altaf ile beni Sari ile bırakmasını işaret ettim. Viv aklımdan geçeni anladı ve hiçbir soru sormadan söyleneni yaptı. Bir süre sonra Mansur da içeri girdi. Damla'yı diğerleriyle bırakmıştı. Damla sakinleşmişti ve her zamanki gibi Sarı'nın odasında olanlara dair hiçbir şey hatırlamıyordu.

Altaf'ın çevirmen olarak yardımıyla Sari ile konuşmaya başladık.

Hikayesinde Bir Bükülme

'Dayaklar bu ülkede yüzyıllar öncesine dayanan uzun bir geçmişe sahiptir. Bilinen en eski klanlar vahşi yamyamlardı. Daha sonra daha evcilleştiler ve insan eti yeme alışkanlıklarını bıraktılar. Ama yine de kelle avcısı olmaya devam ettiler. En şövalye savaşçı, en çok kellesi olan adamdı. Rakiplerinin kafasını küçültür ve vücutlarını süsleyen büyük zincirlere takarlardı.

'Diğer kabilelerde olduğu gibi, savaşçıların bu vahşiliğine karşı çıkan insanlar olurdu. Yani her zaman her şey için iki taraf vardı, bu Dayak topluluğunun çevresinde de yaşandı.

"Belki 200 yıl kadar önce, tıp adamları olarak da bilinen kendi cadı doktorlarına sahip olmaya başladılar. Bu insanlar orman ilaçlarıyla başkalarının hastalıklarını iyileştirirdi ve birçoğunun korkmuş insanları kendilerine itaat ettirmek için kendi mumbo jumbo numaraları vardı. Kabile reisinden sonra cadı doktoru kabilenin en güçlü kişisiydi.

"Dayakların şövalyelik ve yiğitliklerine dair nesilden nesile ağızdan ağıza aktarılan pek çok hikaye vardı. Her zaman iyinin kötüyü yenmesiyle ilgiliydi. Ancak hangisinin iyi hangisinin kötü olduğu anlatıcıya ve anlatıcının hangi tarafta olduğuna bağlıydı. Böylece kabilenin iki güçlü grubu oluştu. Birbirlerine karşıydılar ama birlikte yaşıyorlardı. Hangi tarafta olduklarından emin olmadıkları için kimse diğerine güvenemiyordu.

"Brunei sultanı Sarawak'ı hep uzaktan yönetmeye çalışmıştı. Bazen başarılı oluyor, bazen de acımasız bir muhalefetle karşılaşıyordu. Savaşçılarının birçoğunu Dayaklar tarafından düzenlenen pusularda kaybetmişti.

"Dayakların büyük bir kısmı barış içinde yaşamak istiyor ve sultana gizlice yardım ediyordu. Ancak her kim büyücülerin gözüne çarparsa bir saniye bile tereddüt etmeden öldürülüyordu. Bu nedenle halk genellikle sultanın yönetmesini istediklerini açıkça itiraf etmekten korkuyordu.

'Ancak beyaz rajahın Sarawak'a gelişiyle birlikte işler iyiye doğru değişmeye başladı. Sultan, Brookes'lara tam yetki verdi ve onlar da büyücüler üzerinde demir bir el ve iyi insanlar için yumuşak bir kalple hüküm sürdüler. Bu, Dayakların hayatlarında çok ilerlemelerine yardımcı oldu. Yaşam tarzları değişmeye başladı. Ancak hala ormanda bambu kulübelerde ve sazdan barakalarda yaşıyorlardı.

'Rajah insanları bir arada tutmaya ve Dayaklarla diğer kabilelere ülkenin her yerinde eşit haklar vermeye çalıştı. Pek çok kişi onunla birlikte olmayı kabul etti ve Dayaklardan bile rajahın ordusuna katılanlar oldu. Doğal olarak, kara savaşçılar ve onların büyücüleri bu insanlardan nefret ediyor ve birçok misilleme planlıyorlardı.

'Sultan, savaşçılarını özellikle Miri bölgesinde Rajah'ın ordusuna yardım etmeleri için gönderirdi. Bildiğiniz gibi raca, Miri'den kilometrelerce uzakta olan başkent Kuching'den yönetiliyordu. Bu bölgenin yönetimini uzun bir mesafeden kontrol etmesi her zaman kolay değildi. İşte bu noktada sultan askerlerini göndererek ona yardım etti. Sultanın casuslarının Dayakların birçok güçlü hekimini nasıl öldürdüğüne dair hikayeler vardı.

"Her ülkede olduğu gibi folklor, güçlüleri ve iyileri yücelterek insandan insana dolaşmaya devam etti. Çocuklar her yerde iyinin kötüye galip geldiğini duymaktan hoşlanırdı. Sarawak'ta da bu doğruydu.

'Sonra Shell Petrol Şirketi geldi ve Miri'de petrol çıkardı. Canada Hill'in tepesinde Grand Old Lady'yi göreceksiniz, bu kuyu siyah altın üreten ilk kuyu oldu.

Bu olay Miri sakinlerinin hayatlarını değiştirme trendini başlattı. O zamanlar bile ormanlar varlığını sürdürüyordu ve birçok Dayak bambu kulübelerini ormanda bırakmamakta ısrar ediyordu. Ancak beyaz rajah hanedanından görevi devralan İngiliz hükümeti, Dayakların ormandan şehre rehabilitasyonunda kısmen başarılı oldu.

"Sarawak Eyaleti Malezya'nın bir parçası haline geldiğinde, Malezya hükümeti ormanı şimdiki Dayak Bahçeleri'ne dönüştürmek için hızla harekete geçti. Eski yaşam alanlarında ev sahibi olmayı tercih eden Dayak ailelerinin çoğuna ücretsiz konut sağlandı ya da para veya başka bölgelerde evler yoluyla tazminat ödendi. Hükümet haklı olarak Dayakları diğer kabileler ve etnik gruplarla karıştırmak istiyordu, böylece sonunda hepsi Malezyalı olarak bilinecekti.'

Sari su içmek için durduğunda ağzımı açmak zorunda kaldım. 'Peki tüm bunlar Damla'yı nasıl etkiliyor? Miri'nin tarihindeki bu olaylardan herhangi biriyle ne şekilde bağlantılı olabilir? Mansur'un da aynı soruyu sormak istercesine başını salladığını gördüm.

'Bu her çocuğun yetiştirilmesinin bir parçasıdır. Bir çocuğun zihnine doldurulanlar, onun gelecekteki yaşamı üzerinde büyük bir etkiye sahiptir. Bebekliğiniz boyunca iyi ve kötü hakkındaki fikirlerinizi şekillendirirsiniz. Eğer birisi çocuğa tekrar tekrar Dayakların şifacılarının iyi insanlar olduğunu söylemişse, çocuğun zihni bunu kabul edilmiş bir gerçek olarak alacak ve bu onun benliğine kazınmış olarak kalacaktır.

'Çocuk büyüdüğünde başka şeyler görebilir ve tüm dünyaya bakış açısını değiştirebilir. Ancak bilinçaltı her zaman gerçek olduğunu düşündüğü hikayelere eğilim gösterecektir. Damla'nın başına da aynı şey gelmiş olabilir. Ailesi kimdi ve Miri'de nerede yaşıyorlardı?'

Mansur, Sari'ye Damla'dan öğrendiği Lutong'daki Damla'nın hayatını anlattı.

'Lutong'da kaldıkları süre boyunca bakıcısı kimdi? Bunu biliyor musun?'

Sari'nin ne demek istediğini anlayamamıştım ama sadece konuyla ilgili sorular soracağını biliyordum.

Mansur, Damla'nın bakıcısının adını hatırlamaya çalışıyordu. "Soyadı Seriatti gibi olan biriydi sanırım."

"Seriatti olduğuna emin misin?" Sari'nin sesi biraz yüksekti ve endişeli olduğu belliydi.

"Düşündüm de, Seriatti olduğuna eminim." Mansur konu hakkındaki bilgisini teyit etti.

"O zaman Damla'yla ilgili sorun da buydu. Seriattiler cadı doktor Sera Seri'nin soyundan geliyorlar."

Bu beni sarstı. Bu ismi rüyamda nasıl görmüştüm? Dün gördüğüm ilk rüya, cadı doktor Sera Seri'nin sultanın casusu tarafından öldürülmesiydi. En kötü şüphelerim doğru çıkacaktı.

Sarı anlatmaya devam etti: 'Damla'yla ilgili tüm sorunun temel nedeni bu. Cadı doktorunun soyundan gelen bakıcı, Damla'nın zihnini onları yücelten ve sultan ile racayı adaletin en kötü suçluları olarak gösteren hikâyelerle doldurmuş olacaktı. Küçük Damla bu tür hikâyeleri dinleyerek büyümüştü. Doğal olarak, içindeki benlik her zaman onlardan biri olmak için can atıyordu.

'Beni gördüğünde gösterdiği tepkinin asıl nedeni de buydu. Ben Dayakların muhafazakar kesimindenim ve büyücülerle her zaman kavgalı olmuşumdur. Biz Dayaklar, bir konuda ikna olduğunuzda ruhunuzun sorun çıkaranların ya da yeminli muhaliflerin kokusunu alacağına inanırız.'

"Peki ya bana olan düşmanlığı?" diye sordum Sari'ye. "Bazı özel anlarda bana intikam duygusuyla baktığını hissetmişimdir hep. Gözleri arzuladığı intikamdan bahsediyordu."

Sari konuşmamızın başından beri bacak bacak üstüne atmış duruşunu bozmamıştı. Meditasyon yapar gibi bir süre gözlerini kapattı. Birkaç saniye sonra tekrar gözlerini açıp konuşmaya başlasa da benim için sonsuza kadar sürecek bir gerilim gibiydi.

'San, sen Brunei'nin Miri'ye çok yakın bir bölgesi olan Seria'da doğdun. Eskiden sultan askerlerini Miri'ye Seria'dan gönderirdi, çünkü şehre en kolay erişim oradaydı. Ana karakterler her zaman Seria'dan gelen erkeklerdi ve Sera Seri gibi Dayaklardan gelen kötü erkek ve kadınları öldürüyorlardı. Yani mantıken Damla'nın ruhu San'ın ruhundan nefret ederdi. Her ikisi de yüzyıllardır karşıtlık içindeydi. Sadece iç benliğinizi düşünürseniz, bu oldukça doğaldır. Damla Miri'ye geldikten sonra şiddete başvurduğunda hepiniz neredeydiniz?'

Mansur bu soruyu şöyle yanıtladı: 'Seria'dan dönüyorduk ve Lutong'un eteklerine varmak üzereydik ki çığlık atıp arabadan atladı. Yanlış hatırlamıyorsam Dayak Bahçeleri'nin batı tarafındaki büyük göletin yakınındaydık.'

"Gölet, işte bu. Göletin kendi içinde uzun bir geçmişi var. Gölet çok eskidir. Neredeyse antik bir kalıntı gibi olduğunu söyleyebilirsiniz. Büyük büyük büyükbabamın zamanından beri oradaydı. Göletin yamyamların avlarının cesetlerini attıkları ve kelle avcılarının avlarının kafalarını kestikten sonra cesetleri attıkları yer olduğu söylenir.

"Ancak asıl sorun sultanın ordusu tarafından gerçekleştirilen baskın sırasında ortaya çıktı. Şifacıların takipçilerinden birçoğu katledildi ve bu gölete atıldı. Sera Seri'nin cesedinin bile düzgün bir şekilde gömülmediği ve gölete bırakıldığı söyleniyor. Bu hikayeler eski günlerde insanların bu bölgeden korkmasına neden olmuştur. Halk, tüm bu insanların ruhlarının bu bölgede dolaştığına inanıyordu.

'Damla'nın bakıcısı bu hikayeleri ona anlatmış olmalı ve o da Miri'de doğup büyüdüğü için göleti çok iyi biliyor olmalı. Sadece göleti görmenin ve bakıcısının anlattığı eski olumsuz hikayeleri hatırlamanın psişik etkisi onu şiddetli bir şekilde harekete geçirmiş olabilir.

'San, Dayak Bahçeleri'nin batı tarafı, yeşil ormanlarla dolu olduğu zamanlarda şifacıların ana yerleşim alanıydı. Atalarımız ormanın doğu tarafını işgal ederlerdi. Orası muhafazakâr, barışsever insanların meskeniydi.

'Damla'yı Bahçelerin doğu tarafına götürmenizi ve orada dolaşmaya devam etmenizi öneririm. Bir süreliğine o bölgenin pozitifliğini alsın, bu da bakıcısının olumsuz etkilerini unutmasına yardımcı olacaktır.

'Oraya gün doğumu sırasında gitmelisiniz. Şafak vakti karanlık yerini aydınlığa bırakır. İşte o zaman güneşten yayılan ışık, karanlığın olumsuz etkilerini bastırır. Ruhların etkisinin en iyi bu zamanda olduğu söylenir. Damla için en iyisini umalım.

'Mansur'un Damla için ne kadar endişelendiğini görebiliyorum. Çok hoş bir çift olmalılar. Onlara çok uzun bir ömür diliyorum ve eminim dileklerim gerçekleşecek.

'San, şimdi öğle yemeğimizin tadına bakmalısın. Miri'den ayrılmadan önce, lütfen tekrar uğra. Yaramaz çocuğun evin ayaklarının altından kayarak annesinin başını ağrıttığını hala hatırlıyorum. Ailene selamlarımı ilet. Eminim cennette bizim üstümüzde otururken bunu kabul edeceklerdir.

Elini öptüm ve odadan çıktım. Altaf bize büyükannesinin öğle uykusu vaktinin geldiğini işaret etmişti.

Öğle yemeğimizi sessizlik içinde yedik. Her ikimiz de Sari'nin anlattığı tarihi ve hikayesindeki dönüm noktasını düşünüyor olmalıydık.

Sari çocukluğumuz boyunca Malezya folklorundan ve Dayakların tarihinden pek çok hikaye anlatırdı. Onun anlattığı karakterler içimde saklanıyordu ve şimdi birçoğunu rüyalarımla ilişkilendirebiliyordum. Unutulmaya yüz tutmuş şeyler, iplik eğirme üzerine rüyalarımla başlayarak bilinçli zihne çıkıyordu. Dönme teorisinin basamaklı bir etkisi vardı.

Tehlikeli Sera Seri'yi ortadan kaldıran zeki casus Abdul Rahman ve kötü şöhretli Salamah'ı öldüren Sadık Halka savaşçılarının efendisi Abdul Lahiri'nin hikâyelerini hep sevmişimdir. Bu iki hikâyeyi ona kaç kez tekrar ettirdiğimi hatırladım.

Zihnim kargaşa içindeyken, bilinçaltımda uyuyan bu hikâyelerin yeniden ortaya çıkmasına şaşmamalıydım. Çocukluğumun tanıdık arka planı, en sevdiğim öyküleri beynimde canlandırmam için doğru atmosferi yaratmıştı.

Artık olanların arkasında mantıklı bir neden vardı. Ama Damla'nın göletin yanında bana bakarken gözlerindeki o intikam dolu bakışı unutamıyordum. Bu davranış için de bir açıklama bulmalıydım. Aksi takdirde nasıl huzurlu bir zihinle geri dönebilirdik?

Mahmud ruhlardan ve onların negatif ve pozitif enerjilerinden bahsetmişti. Sari de ruhların pozitiflik ve negatiflik yaydığına değinmişti. Dolayısıyla şu anda yaşadıklarımızda ruhlarla bağlantılı bir şeyler olmalıydı. Doğru yolda ilerlediğimizden emin olmalıydık.

Sari alacakaranlıkta Dayak Bahçeleri'nin doğu tarafında kalmaktan bahsetmişti. Bu, Mahmoud'un bize kökenlerimize giderek yeniden şarj olmamızı tavsiye etmesine benziyordu.

Sonra aklıma bir düşünce geldi: Dayak Bahçeleri'nin doğu tarafında şafak vakti pozitiflik getirebiliyorsa, göletin yakınındaki batı tarafında da alacakaranlık bir sürü negatiflik getirebilirdi. İçimden ani bir ürperti geçti.

Seria'dan dönerken Damla göletin yanında koşmaya başlamıştı ve neredeyse gün batmak üzereydi. O sırada aklında ne olabilirdi? Sera Seri'den aldığı ücretleri yeniden doldurmayı mı planlıyordu? Zaman ve mekân onu Seriatti bakıcısının öğretilerine geri götürebilirdi!

Mansur'la acilen konuşmam gerekiyordu. Damla'nın yarın sabaha kadar Dayak Bahçeleri'ne yaklaşmamasını sağlamalıydık.

Sari'nin anlattıklarındaki çarpıklık her ne kadar çocukluğumuzda öğrendiklerimizin etkisi gibi görünse de, ruhların tazelenmesi konusuna da değinerek bizi uyarmıştı. Bu bizim tetikte olmamız için bir işaretti.

"Geri dönelim.' Viv'in sesi beni şimdiki zamana geri getirdi. Diğer herkes harekete geçmeye hazırdı ve Altaf'ın ailesiyle vedalaşmaya başlamışlardı.

Aracımıza binerken, Altaf benimle tokalaşmak için yanıma geldi. 'San, ne zaman yardım istersen beni aramaktan çekinme. Kendi açımdan mümkün olan her şeyi yapmak için her zaman orada olacağım. Numaram sende var. Sadece acil olduğunu söyle, ben senin yanında olacağım.'

Yardım teklifi için kendisine teşekkür ettim. Ona bundan sonra her şeyin yolunda gitmesi gerektiğini söylerken bile içimden bir ses beni rehavete kapılmamaya çağırıyordu.

Gün Batimindan Şafağa

Otele geri döndük. Ülkelerimize dönüş yolculuğumuzla ilgili planımızı henüz netleştirmemiştik. Bu yüzden akşam beş gibi lobide buluşup yeni bir program hakkında konuşmaya karar verdik.

Bu da bize bir saatlik dinlenme süresi bıraktı. Ancak ben diğerlerinin yaptığı gibi rahatlayamıyordum. Damla'nın çift kişiliği meselesini henüz çözemediğimiz için aklım bir ikilem içindeydi. Sari'nin önerdiği gibi şafak vakti Dayak Bahçeleri'nin doğu ucuna gidersek iyileşeceğini umuyordum. Ama sabahın bu kadar erken saatinde o bölgeye gitmemiz gerektiğine onu nasıl ikna edebilirdik? Şüphelenmemeli. Zerre kadar şüphe duyarsa, elimizden kayıp giderdi.

Viv alarmı saat 17:00'ye kurmuştu. Alarmın tam zamanında çalmasıyla düşüncelerimden sıyrıldım. Herkes uykusundan kalktı ve restorana doğru yola koyulduk.

Mansur ve Damla çoktan oradaydı. Aklında Damla'nın davranışları olduğu için Mansur'un uyuması, hatta rahatlaması bile mümkün değildi. Bu yüzden zaten restorandaydılar.

Hepimiz sandviçli kahve sipariş ettik.

Sandviçleri yerken dönüş yolculuğumuz hakkında konuştuk. Singapur'a uçmamız gerekiyordu ve bu uçak her gün sabah saatlerinde kalkıyordu. Mansour ve Damla'nın Singapur'dan İstanbul uçağına yetişmeleri gerekiyordu ve onlar da bizimle birlikte ertesi günkü uçağa binmeye karar verdiler. Böylece yanımızda tam bir gün vardı.

"Malezya'da gün doğumunu görmek istiyorum." Konuyu ben başlatmak zorunda kaldım.

Viv konuşmaya başladı. 'Bahçelerin doğu tarafında akan bir nehir var ve nehrin ötesindeki arazi yüksek ağaçların olmadığı düz bir arazi. Sanırım güneşin doğuşunu o taraftan görebileceğiz. Ama bunun için oldukça erken kalkmamız gerekecek.'

"Neden olmasın?" Bu Kav'dı. 'Bütün bu günler boyunca dinlendik. Neden iyi bir amaç için erken kalkmayalım?'

Kav evet deyince arkadaşı Damla da onunla birlikte gitti. Ben de bunu umuyordum. Böylece hiç telaşlanmadan, şafak vakti Dayak Bahçeleri'nin doğu tarafında olacak şekilde programı yapmayı başardık. En azından Sari'nin tavsiyesinin ilk adımı yerine getirilmiş olacaktı. Bundan sonra, bir şekilde onları tekrar Sari'ye götürüp daha önce olduğu gibi aynı şok edici davranışı gösterip göstermeyeceğini kontrol etmem gerekiyordu. Damla'nın ruhuna pozitif enerji girişinin etkisini test etmenin tek yolu buydu.

Konuşmalarımızı ve kahvelerimizi bitirdiğimizde saat neredeyse altı olmuştu. Güneş hâlâ tepedeydi ve batıya doğru batmak üzereydi.

Kızlar ve Viv alışveriş merkezine gitmek istediler. Yan tarafta olduğu için Jai de onlarla birlikte gitti. Mansour ve ben, oteldeki seyahat masasından biletlerimizi yeniden ayırtmamız gerektiğini söyleyerek mazeret bildirdik. Onlardan uzakta olmak istiyorduk, böylece durumu değerlendirebilir ve Damla'yı normale döndürmek için atacağımız son adımlara karar verebilirdik.

Mansur'un Damla için duyduğu endişeyi hissedebiliyordum. Son birkaç gündür ona deliler gibi aşık olduğunu ve Konya'ya döndükleri anda Damla ile evlenmek için ailesinden izin isteyeceğini itiraf etti. Bu yüzden Damla'yı kendine getirmek bizim için daha da önemli hale gelmişti.

'Mansur, Miri'ye gelmeden önce Konya'da seni oyalayan şeyin ne olduğunu sana sormak istiyordum. Ama Damla sürekli senin etrafında olduğu için seninle bu konuşmayı başlatma fırsatım olmadı.'

'Ben de sana anlatmak istiyordum San. Sana ailesinin memleketine gittiğini söylediğimi hatırlıyor musun? Bana anlattığı şey buydu. Ancak geri döndüğünde çok garip davranmaya başladı. Bir keresinde, onunla ilk kez tanıştığımız o kahvede kahve içerken, şiddetli bir öfke nöbetine girdi. Onu büyük zorluklarla zapt ettim.'

'Ama sebebi ne olabilir? O sırada istenmeyen bir şey oldu mu?'

"Not edebileceğim belirli bir şey olmadı. Miri'ye seyahatimiz ve burada sizinle buluşmamız hakkında konuşuyorduk."

"O halde Miri ve benim birlikte anılmamız zihnindeki düşmanlık düğmesini tetiklemiş olabilir."

"Düşünüyorum da, burada yaşanan olayları gözden geçirdikten sonra, söylediklerinizin doğru olduğunu söyleyebilirim. San, Miri ve Damla birlikte iyi gitmiyorlar. Sari'nin de dediği gibi, her şey buranın tarihine ve Seriatti'nin bakıcısı tarafından yanlış yetiştirilmesine dayanıyor."

'Mansur, bence memleketine gitmedi. Dubai'ye geri döndüğünü kuvvetle hissediyorum. Onu Dubai'den dönerken, Jai ve Kav Umman'a vize için geldiklerinde yaptığımız yolculuk sırasında görmüştüm. Kum tepelerini geçerken, onu şoförlerin genellikle kum tepelerine çıkmadan önce bizi durdurdukları dükkânda görmüştüm. Yola doğru bakıyordu ve yüzünü net bir şekilde görebiliyordum. Bu nedenle nerede olduğunu öğrenmek için sizi aramıştım ama siz memleketine gittiğini söylemiştiniz. Bir hata yaptığımı düşünerek konuyu orada bıraktım ve üzerinde fazla düşünmedim.'

"Ama neden oraya gitti ve bize yalan söyledi?"

"Şöyle düşünün. Onun ruhunun ezeli düşmanı benim ruhum. Bunun dışında kişisel bir düşmanlık yok. Sadece ruhunun olumsuz kısmı intikam peşindeydi. Bizimle Dubai çöl kampında karşılaşması gizemli bir manipülasyon ya da kasıtsız bir tesadüf olabilir. Bana ulaşmanın yolunun senden geçtiğine karar vermiş olmalı ve şansına, senin yanında gördüğüm o biçimsiz şekillerin nedenini araştırmak için arkadaş olmuştuk."

Mansur mantığımı doğru bir şekilde takip etti. 'Bizimle Konya'da buluşmanın bir yolunu buldu ve seni doğduğu yer olan Miri'ye, amacına ulaşmak için en güçlü olacağı yere kadar ne kadar iyi çekebileceğini gördü.'

'Haklısın Mansur. Sanırım Dubai çöllerinde sana musallat olan o olumsuzluklar onu yanıltmış olmalı. Bu yüzden sana söylemeden tekrar Dubai'ye gitti. Her ne kadar Newton'un çekim yasası pozitif kutbun negatif kutbu çektiğini söylese de, burada negatif ruh daha fazla olumsuzluğa aç.'

'Bu bize üçümüzü bir araya getiren olaylar dizisi hakkında adil bir fikir veriyor. Nedenler o kadar da hayırlı olmasa da, sonuçların hepimiz için iyi olacağını umuyorum. Onu seviyorum San ve onunla evlenmeye kararlıyım. Benim için iyi bir kız olmak üzere kendini değiştireceğinden çok eminim. Tabii ki, çift kişilikli yapısından kurtulması için sizin tam desteğinize ihtiyacım var.'

Konuşmamıza o kadar dalmıştık ki, Jai, Viv ve Kav'ın ön kapıdan girdiklerini görene kadar saatin kaç olduğunu fark etmemiştik. Bize ulaştıklarında Damla'nın yanlarında olmadığını fark ettik.

'Kav, Damla nerede? Alışverişe gittiğinizde yanınızdaydı.' Gerçekten endişelenmiştim.

'Başının ağrıdığını ve odasında dinlenmek istediğini söyleyerek yanımızdan ayrıldı. Bu yaklaşık birkaç saat önceydi,' diye yanıtladı Kav.

"Ama bu tarafa hiç gelmedi." Arayan Mansur'du. 'Odayı kontrol edeyim ve ona biraz aspirin vereyim. Arka taraftaki asansöre gitmiş olmalı.' Mansur asansör alanına doğru gitti.

Jai, Viv ve Kav, alışveriş merkezinin yemek katında yemek yediklerini, bu yüzden akşam yemeğine gitmek istemediklerini söyleyerek odamıza gittiler. Onlara iyi geceler diledim ve lobide oturup Mansour'u beklemeye devam ettim.

Saate baktım ve saatin çoktan akşam 9 olduğunu gördüm. Beni büyük bir panik kapladı. Zihnim yarışıyordu. Saat dokuz olmuştu ve Damla onları iki saat önce terk etmişti. Bu da saat yedi civarı demekti ve bu da tam gün batımı zamanıydı, yani alacakaranlık. Odasına mı gitmişti yoksa bahçenin batı tarafındaki gölete mi?

Sandalyeden kalktım ve Mansur'u aramak üzereydim ki asansörden fırlayıp geldi. "Odasında değil."

'Bir taksi tutup gölete gidelim Mansur. Sanırım bizi kandırdı ve bize son bir saldırı için olumsuzluğunu güçlendirmeye gitti.'

Hemen dışarı çıktık ve otelin ön kapısından bir taksiye bindik. On beş dakika içinde Dayak Bahçeleri'ndeydik. Taksinin parasını ödedikten sonra gölete doğru koştuk.

İşte oradaydı, göletin yanındaki uzun bankta oturuyordu. Bize baktı ama gözlerinde herhangi bir tanıma belirtisi yoktu. Endişemiz arttı. Mansur yanına gitti ve onunla konuşmaya başladı. Mansur'a cevap vermeden boş bir yüz ifadesi takındı.

Biz de yanına oturduk.

Birden Damla ayağa kalktı ve dönmeye başladı. Konya'da sufilerin yaptığı gibi dönüyordu. Ellerini iki yana açmış, sağdan sola doğru dönüyordu.

Damla'nın bu hareketini görünce şaşkına döndük. Anladım ki ruhlara ulaşmaya çalışıyordu ve bunu alışveriş merkezinden kaybolduğu zamandan beri yapıyor olabilirdi.

Gün batımı sırasında dönmek ona çok fazla enerji vermiş olabilir. Ama sadece negatif enerjiyi emmiş olacaktı ve ruhunun istediği de buydu. Mansur'a onun bu şekilde dönmesini engellemesi için bağırdım.

Mansur onun yanına gitti ve onu sabit tutmaya çalıştı. Ama o bir tekmeyle Mansur'u yere serdi.

Dönerek uzaklaşmasını engellemek için ayağa kalktım. Ama düşündüğümden çok daha güçlüydü. Ben farkına varmadan beni aşağı itti. Göletin eğimli kıyısına düştüm ve aşağı yuvarlanmaya başladım. Tutunabildiğim tek şey etrafımdaki kumdu. Bu beni suya dalmaktan alıkoymadı.

Birkaç dakika içinde göletin içindeydim. Damla'nın aşağı doğru koştuğunu gördüm. Ayağa kalkmaya çalıştım ve o zaman beni suyun içine daha da itmek için ayağıyla kafama vurdu.

İyi bir yüzücü değildim ve yüzme bilen biri bile bir bayandan gelen bu tür beklenmedik bir saldırıyla çok fazla su içmiş olurdu.

Mansur tam zamanında imdadıma yetişti ve beni sudan çıkardı. Etrafıma su damlarken ayağa kalktım. Yıllar boyunca gölete atılan tüm o kadavraları düşündüm ve kendimi gergin hissettim. Her şey bir yana, kadavra suyu içiyor olabilirdim.

'San, iyi misin? Sana bunu yapacağını hiç düşünmemiştim.'

'Boş ver. Ben iyiyim. Ama Damla nerede? Onu geri götürmeliyiz.'

Göletten çıktık. Ama Damla hiçbir yerde görünmüyordu. Ortadan kaybolmuştu. Yine panikledik.

Onu bulmak zorundaydık. Göletin ötesindeki alan ağaçlarla kaplıydı. Aramaya oradan başladık. Burası bir yerleşim bölgesiydi ve neyse ki çalılıktaki her açıklıkta aydınlatma direkleri vardı. Bu bize yolumuzu bulmamız için yeterli ışık sağladı.

Saatin neredeyse 11 olduğunu gördüm. Zaman geçtikçe işimiz daha da zorlaşacaktı. Şafak sökmeden onu doğu tarafına götürmeliydik. Yaz mevsimiydi, bu yüzden güneş neredeyse sabah beş civarında doğacaktı. Planımızı uygulamak için neredeyse altı saatimiz vardı.

Bu bölgeyi bilen birinden yardım almalıydık. Bu bana Altaf'ı hatırlattı ve hemen onu cep telefonundan aradım. Altaf neden ya da ne olduğunu hiç sormadı ve yarım saat içinde Bahçeler'de bizimle birlikteydi.

Olayların gidişatını Altaf'a anlattık ve o da aramada bize katıldı. Ancak Damla'nın nerede olduğuna dair hiçbir ipucu yoktu.

"Altaf, bu bölgede Seriattilere ait herhangi bir ev var mı?" diye sordum.

'Evet, o bakıcı ve çocuklarının yaşadığı bir ev vardı. Şu sık ağaçların tam ortasındaydı. Onu bulalım.' Sonunda Altaf bize Damla'yı bulmamız için bir ipucu verdi.

Etrafta aramaya başladık ve sonunda Altaf evi buldu. Kapısındaki panoda 'Seriattis'in Evi' yazdığı için evi kolayca teşhis edebildik.

Ama ev tamamen karanlıktı; ne ses ne de ışık vardı. Kapı açıktı. Damla açık bırakmış olabilir.

Evin etrafını dolaştık. İçeri girme şansımız yoktu. Bütün kapılar kilitliydi. Altaf şansımızın olup olmayacağını görmek için pencereleri tek tek deniyordu. Sonunda pencerelerden birini kaldırabildi. Pencerelerde ızgara olarak kullanılan tahta çubuklar vardı.

Kendimizi içeri sıkıştırmak için yeterli alan sağlamak üzere tahta çubuklardan birkaçını kolayca kırabilirdik. İçeri girdikten sonra Altaf el yordamıyla elektrik düğmesini aradı. Ama ışığı yakmaması için onu engelledim. Bu Seriattileri uyandırabilir ve Damla'ya ulaşmamızı zorlaştırabilirdi.

Karanlıkta etrafta dolaştık. Çok geçmeden evde kimsenin olmadığını fark ettik. Terk edilmiş bir eve benziyordu.

Peki Damla nereye gitmiş olabilirdi? Bu kadar çabuk mu kaybolmuştu?

"San, dikkatli ol." Mansur'un uyarısını ve aynı zamanda yakınlardaki ayak seslerini duydum. Ama ne olduğunu anlayamadan başıma bir darbe aldım ve yere düştüm. Koşan adımlar ve tahta gıcırtıları vardı.

Mansur ve Altaf birlikte beni kaldırdılar. Başımın arka tarafında bir şişlik vardı. Acıyordu ama çok fazla değil.

"İyi misin, San?" Bunu söyleyen Altaf'tı.

Mükemmel olduğumu söyledim. 'Peşinden gidelim. Sanırım terasa çıkan merdivenleri kullanmış.'

Evin terasına çıkan ahşap basamakları koşarak çıktık. Ahşap basamakların gıcırtısı durgun geceyi dolduruyordu. En azından ahşap bizi kurtarmaya gelmişti ve bu Damla'nın varlığına dair işaretimizdi.

'O yukarıda. Parfümünün kokusunu alabiliyorum. Senin yanına geldiğinde de aynı kokuyu alabiliyordum.' Mansur bir polis köpeği gibi Damla'nın izini sürmedeki hünerini gösterdi.

Terasa ulaştık. Ay ışığında, korkuluk duvarının yanında bir insan silueti görebiliyorduk.

"Damla!" Mansur seslendi. "Neden benden kaçıyorsun?"

"Yanıma yaklaşma," diye cevap verdi Damla. 'Gelirsen atlarım. Lütfen Mansur, benden uzak dur. Bunun seninle hiçbir ilgisi yok. Ama her şey senin arkadaşınmış gibi davranan bu adamla ilgili.'

"San'ı mı kastediyorsun?" Mansur'un sesi kırılmaya başladı.

"Evet." Damla'nın sesi çok kararlıydı. Belki de Sera Seri'ydi konuşan, yoksa Selame miydi? 'Bu adamın yanıma gelmesini istiyorum. Ama bana şaka yapmaya kalkma, yoksa atlarım.'

Onun zihninde ben Lahiri ya da Rehman'dım.

Damla'ya doğru yürüdüm ve ondan biraz uzaktaki korkuluk duvarının yanında durdum. Benden ellerimi arkamda birleştirmemi ve ondan uzağa bakmamı istedi. Atlamaya kalkışması halinde Mansur ve Atıf'ın ona saldırmak için tetikte olacakları umuduyla ona itaat ettim.

Zihnimde, bir sonraki adımının ne olacağını anlamak için davranışlarını analiz etmeye çalışıyordum. Elbette beni Seriattilerin atalarının ölü yattığı gölete atmak isteyecekti. Ama burada beni terastan aşağı iterek öldürmeye çalışıyor olabilirdi. Bunu fark ettiğim anda beni arkamdan itti.

Reflekslerim bu sefer daha iyi çalıştı. Öne doğru düşmeme rağmen korkuluğun tepesine tutundum ve hiçbir yere tutunamadan orada asılı kaldım. Arkadaşlarım düşündüğümden daha hızlıydı. Mansur Damla'yı yakalamıştı ve Altaf da beni kurtarmaya geldi.

Altaf beni yukarı çektiğinde Damla'nın bir çocuk gibi Mansur'a tutunduğunu gördüm. Trans halinden çıkmış olmalıydı. Merdivenlerden aşağı indik ve içeriden kilitlenmiş olan arka kapıyı açtık. Belki Damla bu kapıdan girmiş ve sonra da kapıyı kilitlemişti. Bundan emin olamayız.

Altaf'ın arabasına doğru yürürken, bir sonraki hamlemizin ne olması gerektiğini düşünüyordum. Saatime baktım. Gece 2'ye yaklaşıyordu. Bu da bize şafağa üç saat bırakıyordu.

Aklıma bir fikir geldi. Damla negatif güçlerini çekmek için gölette dönüyordu. O zaman şafak vakti güneşin doğuşuna bakarken doğu tarafında dönmesini sağlayabilirsek, pozitifliğin hızlı ve güçlü bir şekilde ona girmesini sağlamaz mıydık? Evet, yapmamız gereken buydu.

Mansur'a hemen otele gitmemiz gerektiğini söyledim. Geri dönmek konusunda isteksizdi. Mansur doğuda gün ağarmasını beklemek istiyordu.

'Mansur, koleksiyonundan biraz Sufi müziği alalım ve otel masasından bir kasetçalar isteyelim. Şafak vakti doğuda semazen olalım. Dönelim ve Damla'yı da döndürelim ki Miri'nin pozitif ruhlarına ulaşıp ruhunu ağzına kadar doldursun. Ruhunda hiçbir olumsuzluğun girebileceği bir boşluk kalmamasını sağlamalıyız. O zaman tamamen senindir Mansur.'

Bu Mansur'u ikna etti. Sevgili genç kızının normale dönmesini istiyordu. Altaf bizi otele götürdü. Mansur Sufi müziğini ve müzik çalarını almaya giderken biz arabada bekledik. Damla arka koltukta uyuyordu. Ama kaçmasın diye iki kapıyı da kilitlemiştik. Mansur hızla geri geldi.

Dayak Bahçeleri'ne geri döndük. Nehir kıyısında bir bank bulduk ve üzerine oturduk. Saat 2.30'du. Güneşin ilk ışıklarını görebilmek için iki saat ve daha fazla beklememiz gerekti. Uzun bir gece olmuştu. Ama düşündüğümüz şeyi başarabilirsek, o zaman tüm bu çabalarımız çok verimli olacaktı. Başımdaki şişliğe dokundum. Bu bana her zaman dikkatli olmam gerektiğini hatırlattı.

Damla hâlâ uyuyordu. Yaşadığı çetin sınavdan dolayı gerçekten yorgun olmalıydı. Güneş ilk ışıklarını bize sunarken eğirme işini yapmak için biraz güç kazanması amacıyla uyumasına izin verdik.

Unutuluşa doğru dönme teorimi düşündüm. Evet, tam olarak bunu yapacaktık, unutuluşa doğru dönecektik. Unutuş, hiçlik miydi yoksa bilinmezlik mi?

Orada şafağın sökmesini bekledik.

Özgürlüğe Doğru Dönmek

Changi Uluslararası Havaalanı'ndaki transit bekleme salonunda oturuyorduk. Uçağa biniş saatinden önce tembellik yapmamız için yeterli zaman vardı.

Biz Kochi uçağını bekliyorduk, Mansour ve Damla ise İstanbul'a, oradan da Konya'ya gidecekleri uçağı bekliyorlardı. İstanbul'da birkaç gün kalıp modern mimari ve antik tarzın bir arada olduğu bu güzel şehrin tadını çıkaracaklar ve gezeceklerdi.

Hepsinin neşeli bir ruh hali vardı. Dedikleri gibi, iyi biten her şey iyidir. Sırf hayallerimin peşinden koştuğum için gelişen olaylar üzerine düşünüyordum.

Yıllar sonra Sari ile tanışmak ve torunu enerjik Altaf ile dostluk kurmak çok güzeldi. Yaşadığımız sorunlardan kurtulmamız için bize çok yardımcı olmuştu. Dayak bilmecemiz için bir bulmaca ustasıydı.

Brunei'den gelen savaşçılara ve onların güçlü Dayak kadınlarıyla karşılaşmalarına ilişkin öngörülerim, mantıklı bir şekilde Sari'nin çocukluğumda anlattığı hikayelere dayanıyordu. Benzer şekilde Damla'nın zihniyeti de bakıcısının öğretileriyle gelişmişti. Bir Şeriatti tarafından yetiştirilmiş ve zihni pek çok olumsuz karakterin yüceltilmiş hikayeleriyle doldurulmuştu. Bu ölçüde, her şey bir sebeple açıklanabilirdi.

Ama benim tıkandığım nokta, daha önce hiç karşılaşmadığı bana karşı beyninde taşıdığı düşmanlıktı. İşte Mahmud'un açıkladığı ruhların evrimi teorisi burada devreye giriyordu. Mahmoud'un basiretine inanmak ve hakkını vermek gerekiyordu. Onun tavsiyeleri bu çetin sınavdan yara almadan çıkmamıza yardımcı olmuştu.

Mağarada ve parktaki kadın elbisesinin üzerinde gördüğüm bir dizi imgelem ancak ruhların negatif ve pozitif enerjileri olduğu mantığıyla açıklanabilirdi. Daha önce adını bile duymadığım pek çok şey görmüştüm. Belki o olaylar da Sari'nin o günlerde beni beslediği hikâyelerin bir parçasıydı.

Niah mağaralarında yaşadığım çile, rüyamda bana doğru saplanan bir kılıçla son bulmuştu. Belki de geçmişte bir zamanda, ruhuma giren ruh, asi Dayaklardan biri tarafından bir kılıcın sivri ucuyla yok edilmiş olabilirdi. Yoksa bu, köşede gizlenen bir tehlikenin önsezisi miydi?

Tüm bu mantığa rağmen Damla ile benim aramdaki bağlantı hâlâ tam olarak açıklanamamıştı. Bu durumda, Mansur'la ilk karşılaşmam nasıl olmuştu?

Dün sabah nehrin kıyısında dönerken Damla'nın yüzündeki huzur, gelecek yıllar boyunca tadını çıkaracağım bir şeydi. Bütün bu zorluklardan geçtikten sonra bu bizim zihnimize büyük bir tatmin verdi.

Taşıdığı yüz ifadesi, gün batımında batıdan kazandığı olumsuzluklardan şafakta doğuda dönerek kurtulabileceği gerçeğini ortaya koyuyordu.

Şafağı beklemek çok stresliydi. Bu gerginlik beni neredeyse öldürüyordu. Gece yaşananlardan dolayı çok yorgun olduğumuz için uyuyakalmaktan korkuyordum. Güneşin ilk ışıkları ufukta göründüğünde hissettiğim rahatlama tarif edilemez.

İlk ayağa kalkan Mansur oldu. Damla'yı da yanına çekmeye çalıştı ama Damla uyanmadı. Sonra ellerini Damla'ya doladı ve onu ayağa kaldırdı. Ben Damla'yı nasıl döndüreceğini merak ederken, elindeki uzun bir bezle (muhtemelen Damla'nın eşarbı) Damla'yı kendine bağladı. Damla öndeydi, arkasında da Mansur vardı.

Kasetçalar açıktı ve ortamı Sufilerin unutulmaz müziği dolduruyordu. Bu bana semazenleri ve onların dönen danslarını hatırlattı. Bu arada Damla ve Mansur Titanik çifti gibi poz vermişlerdi.

Mansur yavaş yavaş Damla ile dönmeye başladı. Birkaç turdan sonra Damla'nın uyandığını görebiliyordum. Başlangıçta kendini kurtarmak için mücadele etti. Ama kulağında Mansur'un yatıştırıcı sesi ile sakinleşti. Kısa süre sonra Mansur'la aynı şekilde hareket etmeye başladı.

Kendimi uzun süre tutamadım. Bu dönme dansını hep denemek istemiştim, ben de onlara katıldım ve dönmeye başladım.

Kum üzerinde olduğumuz için çöl kampı fiyaskosunu tekrarlamadım. Altaf'ın da bizimle birlikte döndüğünü görebiliyordum.

Bir süre sonra başım dönmeye başladı ve sonra Sufi büyüsüyle 'buluşmamı' durdurdum. Altaf da durmuştu. Ama önümüzdeki çift dans etmeye devam etti. Onlar işin uzmanıydı.

Arkamdan koşar adım sesleri geliyordu ve dönüp bize katılan Jai, Viv ve Kav'a baktım. Sabah beni odada bulamayınca, önceki gün planladığımız gibi nehir kıyısında bize katılmayı düşünmüşler.

Mansour ve Damla'nın nasıl döndüklerini merak ediyorlardı. Kav ve Viv de müzik eşliğinde dans etmek için onlara katıldı.

Tüm bu süre boyunca Mansour ve Damla bizim varlığımıza kayıtsız kaldılar. Kendi dünyalarındaydılar.

Damla'nın yüzünü izliyordum. Canlı bir ifadeye dönüşmeden önce kendinden geçmiş gibi bir bakışı vardı. Yüzünün güzelliği doğan güneşin kızıl ışıklarıyla kat be kat parlıyordu. Mansur da dingin bir bakışa sahipti ve yüzü Damla'da bulduğu mutluluğu yayıyordu.

Birlikte unutuluşa doğru dönüyorlardı. Bu sefer zaferle çıktılar. Mansur amacına ulaşmıştı. Damla, Seriattis'in hayal dünyasından çok uzakta, gerçek dünyasına geri dönmüştü.

Müzik sona erdiğinde onlar da danslarını bıraktılar. İşte o zaman hepimizin etraflarında olduğunu ve danslarının tadını çıkardığımızı fark ettiler.

Mansur eşarbı çözdü ve Damla'yı hem gerçek anlamda hem de mecazi anlamda özgür bıraktı.

Damla koşarak Kav'a gitti ve ona sarıldı. Damla'nın dün olan pek çok şeyi hatırlamadığını hissedebiliyordum. Şimdi eski Damla'yı neşeyle sohbet ederken görebiliyordum.

Altaf bizden ayrıldı. Öğle yemeğinden sonra evinde buluşmak üzere sözleştik. Sari'ye veda etmemiz gerekiyordu. Bu Damla için bir sınav olacaktı.

Nehir kıyısında bir aşağı bir yukarı dolaşarak biraz daha vakit geçirdik. Sonra yenilenmek ve çok hak edilmiş bir kahvaltının tadını çıkarmak için otele döndük.

Uçağa biniş anonsu beni şimdiki zamana geri getirdi. İstanbul'a uçuş vardı. Mansur kendi kapısına geçmek istedi ama Damla Kav'la konuşmaya dalmıştı. Bu yüzden salondan çıkma isteğinden vazgeçmek zorunda kaldı.

Mansur geldi ve yanıma oturdu. 'San, yardımın için çok teşekkürler. Sen olmasaydın Damla'mı geri alamazdım' dedi.

'Lafı bile olmaz Mansur. Onun tüm sorunları benim yüzümdendi ve neyse ki bundan kaynaklanan tehlikeyi birlikte bertaraf edebildik. Bu, dedenin bilgeliğiyle başarabileceğimiz bir şeydi.'

'Düşünüyorum da, Damla ile bu olaylar sayesinde tanıştım. Şimdi çok mutluyum.'

'Mansur, Damla sana bağlıyken dönme şeklin harikaydı. Onu sana bağlamak için bez taşıman çok düşünceliydi. Yoksa o ruh haliyle kendi başına dans edemezdi.'

'Bu yolculuk bana uç noktaları düşünmeyi ve her zaman bir yedek planım olmasını öğretti. Aksi takdirde, yolun ortasında yok olurduk.'

"Bu doğru. Senin yaptığın semadan sonra bile, Sari'yi ziyaret edene kadar şüpheciydim. Damla öğleden sonra Sarı'yla karşılaştığında kalbim ağzıma geldi neredeyse."

'San, Sarı'yı gördüğünde attığı çığlık! Tüm çabalarımızın boşa gittiğini düşündüm. Ama neyse ki bu sadece mutluluğun sesiymiş. Damla Sari'ye sarılıp öptüğünde ve Sari onu kutsadığında çok rahatladım.'

'Evet, bu Damla için en büyük sınavdı. Artık normal haline döndüğünden emin olabiliriz. '

'Hepiniz düğünümüze mutlaka gelmelisiniz. Ben size tarihi bildireceğim. Siz olmadan biz evlenemeyiz, tamam mı?'

Mansur'a büyük davete katılacağımıza dair güvence verdim.

Ardından Mansur ve Damla için son biniş anonsu geldi. Bizden ayrıldılar ve kapılarına doğru ilerlemeye başladılar. Görüş alanımızdan çıkana kadar onları izledik. Köşeyi dönüp hava köprüsüne doğru gözden kaybolmadan hemen önce Damla başını çevirip bize baktı. Yüzünde belli belirsiz bir gülümsemenin ışıltısını yakalayabiliyordum.

Mansur'un şafak dansı için onu kendisine bağladığı eşarp elindeydi. Eşarbı bize doğru salladı ve çok geçmeden görüş alanımızdan çıktı.

Yüzündeki gülümseme... bir şey beni rahatsız ediyordu ama ne olduğunu çıkaramıyordum. Özlediğim şey neydi? Hayır, hatırlayamadım.

Sonra uçağımızın kalkış saati anons edildi. Kav beni yürümem için itekliyordu ve benimle sohbet etmeye başladı. Düşüncelerimin izini kaybettim. Unutkanlığıma doğru yürüyordum.

BİBLİYOGRAFYA

Noetic Science <www.scienceofthelostsymbol.com/Noetic-Science.html>.

Large Hadron Collider <www.stfc.ac.uk/646.aspx>.

Inception < https://en.wikipedia.org/wiki/Inception>.

Tanoura <www.aletadances.com/tannoura.html>.

Dervish <www.whirlingdervishes.org/whirlingdervishes.htm>.

Rumi <http://dervishesofrumi.wordpress.com/rumis-life/>.

Konya <www.investinkonya.com.tr/en/konya.asp?SayfaID=1>.

Miri [blog] <www.miriresortcity.com/blog/ian/lutong_town>.

Miri, Lutong < http://blog.sarawaktourism.com/2012/09/spend-day-at-lambir-hills-national-park.html>.

Sarawak < http://en.wikipedia.org/wiki/Sarawak>.

Seria, Brunei < http://bumisepi.com/?p=1270>.

www.ingramcontent.com/pod-product-compliance
Lightning Source LLC
LaVergne TN
LVHW041841070526
838199LV00045BA/1382